震える教室

近藤史恵

角川文庫
22130

目次

プロローグ

相原《あいはら》芽衣子《めいこ》は、小さく口を開けて、半端なあくびをした。

水のグラスが作る影をぼんやりと眺める。透明なものにも影ができるのだな、などと考える。水が小さく波打つたびに、影も揺れる。

待ち合わせをしている編集者からは、先ほど連絡があった。新大阪《しんおおさか》までは到着したものの、電車が人身事故で止まってしまい、いつ動くかわからないという話だった。

芽衣子自身は、自宅で仕事をしているから、外で働く人よりは電車に乗る回数は少ない。市内中心部に住んでいる気安さで、近場ならタクシーもよく使う。

それでも、人身事故ということばを聞くたびに、背筋に冷たいものが走る。

その少し前に、誰かが亡くなるか、大怪我をするかした。その影響が波紋のように広がった先に自分がいる。そういう気がする。

指先が、死に触れてしまったような気持ちになる。

こんなことを言うと、友達や芽衣子を知る人たちは、らしくないと笑うだろう。芽衣子は決して心配性ではないし、怖がりでもない。幽霊など信じていない。

ただ、少しだけ手の先が冷たく感じるだけだ。

テーブルに置いたスマートフォンが震えた。芽衣子は手を伸ばして、電話を取り上げた。

「すみません。動き出しました。あと十分くらいで到着すると思います」

「ゆっくりいらしてくださっていいですよ」

退屈しているのは事実だが、大人になれば退屈する時間もなかなか貴重だ。特に小説家なら、退屈こそがイマジネーションを引き出してくれる。

顔を窓の方にやると、ひどく古い西洋建築が見えた。まわりが大きなビルだけに、そこだけ異質だ。

背後のテーブルで、誰かが話しているのが聞こえた。若い女性の声だ。

「あれが凰西《おうせい》学園。ピアノやバレエで有名だよね」

ああ、あそこが、と、芽衣子は思った。

住んでいるマンションからいちばん近い高校ということは知っている。一人娘の花《か》音《のん》と志望校について相談しているとき、凰西の名前も出た。私立高校の合同説明会で資料ももらったはずだ。

誰かの話は続いている。

「あそこ、古いだけあって、不思議な出来事がよく起きるんだって」

ほう、と思って、もう一度、凰西の校舎に目をやる。

心の大部分は「よくある話だ」と思っている。同じ校舎に附属中学もあると聞いた。古びた校舎に、感受性の豊かな時期の少女たちだけが集うのだ。

カーテンが揺れただけでも、怪奇現象と結びつけるのではないだろうか。

グラスの中の水が波打てば、テーブルの影も震える。それなのに、テーブルの影だけを見て怯《おび》える人たちはたくさんいる。

そう思うのに、なぜか指先が冷たいものに、触れた気がした。

ドアが開いて、馴染《なじ》みの男性編集者が駆け込んできた。

「遅くなってすみません！」

暑くもないのにびっしょりと汗をかいているから、よほど焦っていたのだろう。

「大丈夫ですよ。次回作の構想を考えていたから」

本当は、ただ、ぼんやりとしていた。だが、多くの場合、ぼんやりしながら、小説になりそうなものの気配を感じている。まんざら嘘でもない。

目の前の編集者とは、十年以上のつきあいになる。今日は、相談があるので時間を作ってほしいと言われて、会うことにした。

書き下ろしの原稿を頼まれて、もう二年になるから、その進捗《しんちょく》を聞かれるのだろう。雑誌連載の方を優先しなければならないから、なかなか手をつけられない。正直言うと、まだ一枚も書いていないのだ。

彼はおしぼりで汗を拭《ぬぐ》うと、芽衣子を見た。

「実はですね。先月、社内で人事異動がありまして……『恐怖《こわこわ》』編集部に異動することになりました」

「えっ！」

『恐怖《こわこわ》』というのは、ホラー小説専門誌だ。コアな固定ファンがいると聞いている。

「つきましては、藍原《あいはら》さんにもぜひ、ホラー小説の原稿をいただきたく……」

「えーっ、わたし、ホラー小説書いたことないし、なんというか、消化酵素がないんだけど」

「なんですか、消化酵素って」

「怖い話を怖いと感じる才能がないってこと。ホラー映画とかも全然怖くないし」

昔から肝試しもお化け屋敷も、平気だった。怪談に怯える繊細さも持っていない。

「そうですか？　藍原さんのホラー、絶対おもしろいですよ。ぜひ！」

「うーん……もう少し、考えさせて」

テーブルの影がまた揺れた。グラスの中の水が波打つ。

ふと、気づいた。なぜ、触れてもいないグラスの中の水が波打つのだろう。なにかに共鳴しているのだろうか。

編集者が時計を見た。

そろそろ予約してあるレストランに移動する時間だ。食事の前に喫茶店で話をするはずだったのに、ただ待ち合わせるだけになってしまった。

まあ、いい。話だけなら、レストランでもできる。

鞄《かばん》を持って立ち上がる。なにげなく後ろを見ると、背後のテーブルには誰もいなかった。先ほど、女性の声が聞こえたが、芽衣子が気づかないうちに帰ってしまったのだろう。

（でも、わたしずっとドアの方を向いていたけど……）

編集者が入ってきたのは見た。だが、誰かが出て行ったような記憶がないのだ。

ぼうっとしていて、見逃したのだろうか。

（たぶん、気づかなかっただけよね。集中して見張っていたわけではないし）

そう思って歩き出す。

指先が、ひどく冷たいような気がした。

第1話　ピアノ室の怪

朝の満員電車は、想像を遥《はる》かに超えた混雑だった。

秋月真矢《あきづきまや》はあらゆる方向からの圧力に耐えながら、足を踏ん張った。前の人のリュックに圧迫されて、身体は完全に斜めになっている。斜めになっていても立っていられることがすごい、などと、どこか冷静に考える。

自宅から一時間もかけて、大阪の中心部、心斎橋《しんさいばし》にある高校に通うことになるなんて二ヶ月前までは考えていなかった。

心斎橋なんて、繁華街の真ん中だ。お休みの日に、家族と遊びに行くところであって、通学するような場所ではないとずっと思っていた。

だが、心斎橋から歩いてすぐのところに、その高校はあるのだ。

凰西《おうせい》学園高等部。明治時代から百二十年もの歴史のある女子校だ。凰西に進学することになったと言うと、親戚《しんせき》も友達もみんなこう言った。

「えっ、真矢ってピアノかバレエかやってたの？」

凰西学園は音楽教育で有名な私立なのだ。偏差値はそれほど高いわけではないが、併設の音楽大学があるのと、高校から音楽科とバレエ科があるのは珍しく、多くのピアニストやバレリーナを生んでいるらしい。

真矢はといえば、中学の合唱コンクールでは口パクで押し通した。いや、口パクをクラスメイトと教師から強要されたといえば、レベルがわかるだろう。音痴というよりも、リズム感が異様に悪く、口パクだったのに、指揮の子から「合ってないんだけど」と指摘されたというレベルだ。

できることならば、音楽になど関わらずに一生を送りたいと思っていた。

「いや、音楽科じゃなくて、普通科なのよ」

そう言うと、みんな驚く。

「凰西に普通科なんてあったの？」と。

そう、音楽科が一クラス、バレエ科が一クラスの他に、普通科が一クラスある。凰西の附属中学から進学した生徒の中で、いろんな事情で音楽の道をあきらめて、外部受験も難しい生徒たちがそこに通うことになるらしい。

どう考えても、明るく楽しい学園生活という感じはしない。しかも、多くの生徒が中学から進学するということは、高校一年の新学期なのに転入生のような状態になってしまう。真矢は、ただでさえ人見知りで、友達を作るのに時間がかかる。考えただけで憂鬱《ゆううつ》だ。

真矢の人生は、今年一月から不運続きだ。まず、一月に足を骨折して入院してしまった。落ち着いて勉強ができず、松葉《まつば》杖《づえ》をついて受けに行った私立高校の受験には失敗した。おまけに公立高校の受験の日にインフルエンザで倒れた。

仕方なく、私立高校の第二次募集に望みをかけることになった。偏差値から言えば、他の高校も選べたのだが、両親が断固として譲らず、凰西学園を受験することになったのだ。

両親が凰西に行かせたがった理由はわかる。

真矢の両親は学習塾を経営していて、成績上位の高校に多くの塾生を合格させてきている。娘が、偏差値の低い高校に行くなんて外聞も悪いし、我慢できなかったのだろう。凰西は音楽科は有名だから、学校名としては格好がつく。

真矢としては、もっと普通の高校に行きたいと抵抗してみたが、学費を出すのは両親だ。押し切られて、凰西学園を受けた。すでに満員電車で心は折れてしまいそうだ。こんな混雑の中を毎日通学するなんて気が遠くなる。

駅に到着しても降りられないのではないかと思っていたが、心斎橋に到着すると多くの人が降りていった。まるで電車からぺっと吐き出されるように、真矢は転げ出た。

もうここで、一日の体力をほとんど使ってしまって、ベンチに座り込みたい気分だったが、始業式から遅刻するわけにはいかない。

力を振り絞って、学校に向かう。

駅には、すでに同じ制服を着た女の子たちが何人も歩いていた。真矢も彼女らと同じ方向に進む。

もちろん顔見知りは誰もいない。小学校から中学校に進学したときとは違うのだ。

女の子同士のべたべたした関係はあまり好きではないと思っていたし、親友と呼べるような子はこれまでいなかった。昨日までは、ひとりでも大丈夫だと思っていたのに、なぜか今、どうしようもなく心細い。

駅の階段に近づいたとき、ホームのベンチに同じ制服を着た女の子が座り込んでいるのが見えた。顔色が悪い。

顔を見て気づいた。二次募集の受験会場にいた女の子だ。

真矢の前で試験を受けていた。何度もシャープペンシルや消しゴムを落としては、試験監督の先生に、あきれられていた。

放っておいてもいいが、青い顔をしているのが気に掛かる。満員電車で同じように気分が悪くなったのだろうか。

重たいほど厚い前髪と、背中の中ほどまで伸ばした髪、下を向いているせいもあって、ひどく陰鬱な表情に見える。

気にはなるが、もうそろそろ急がねばならない。真矢は早足で、前を通り過ぎた。

学校があるのは繁華街から少し離れた静かなエリアだった。オフィスや古い雑居ビル、小さな中華料理店などが並んでいる。そこに、凰西学園はあった。

たぶん知らない人は学校だと思わないだろう。運動場もなく、三階建ての古い洋風建築があるだけだ。体育の授業は、体育ホールでダンスや器械体操をするか、近くの公園でランニングをするのだと聞いた。あとは、地下に温水プールもあるらしい。

受験できたとき、トイレも利用したが、きれいに改装されていた。明治時代の建物だというから心配していたが、トイレも洋式だったし、なにより清潔だった。

入学式は、この近くにある商業ホールを貸し切って行われた。これまで公立育ちだった真矢は、その豪華さに驚いた。

プロとして活躍する卒業生がピアノやバイオリンを演奏し、バレエ科の在校生がバレエを披露する。真矢の知っている学校の入学式とは全然違う。

参加している保護者の装いも華やかだった。母親たちが着ているスーツは、あきらかに高級品だったし、バッグもシャネルだとかエルメスだとかいう真矢ですら知っている高級ブランドのものだった。

帰り道、真矢の母親がなぜか無口になっていたが、同情するつもりにはなれなかった。凰西に行かせたがったのは両親なのだから。

始業式は、学校内にある体育ホールで行われたので、驚くようなことはなかった。ただ、まわりにいる生徒たちがみんな顔見知りらしく、式典の合間に笑い合ったり、きゃあきゃあ騒いでいるのを見ると、胸がぎゅっと痛くなった。

一年の普通科は二十八人、そのうち二十一人が附属中学からの進学で、残りの七人が他の中学からきた子たちだ。

誰とも喋《しゃべ》らずにぽつねんとしているのは、真矢も含めて四人ほどだ。残りの三人は、まわりの生徒に話しかけたりして、うまく紛れているらしい。

駅で見かけた髪の長い女の子の姿も見える。どうやら無事に登校できたようだ。

一学年三クラスしかない学校だが、始業式は附属中学の子たちと一緒に行うから、集まるとけっこうな人数がいる。バレエ科の生徒たちは、一目でわかるほど、細くて首が長くて姿勢がいい。

公立中学とは、なにもかもが違いすぎる。なにより、数百人の女の子がホールに集まっていること自体が、公立育ちの真矢にとっては異様な風景に見えた。

幼稚園からずっと、男女半々の世界で生きてきたのに、いきなり女子だけの世界に放り込まれる。

教師は女性の方が多いように見えるが、男性もいる。入学式で壇上に上がった校長は男性だった。

始業式を終えて、教室に向かう。壁や廊下などはさすがに古い。階段なども踏むたびにぎしぎし音がした。

この先、三年間、この学校に通って、ここで生きていかなくてはならないのだ。そう改めて思う。

やはり、友達は作っておかなくてはならない。人間関係が完全に固定化する前にどこかのグループに割り込むか、高校受験組の子たちと仲良くなるかした方が、学校生活での苦痛は少ないはずだ。

附属中学出身の子たちと仲良くした方が、いろいろ教えてもらえて便利だが、やはり話しかけやすいのは同じ高校受験組の子たちだ。

そんなことを考えながら、階段を上っていたとき、誰かが制服の袖《そで》をぎゅっとつかんだ。

振り返ると、小柄な女の子が真矢の袖をつかんでいる。今朝、ホームで見かけた子だ。目が合った。

彼女は、真矢を見上げてきょとんとした顔になった。

「あの……なにか」

袖をつかんだのは、彼女だし、しかも今もつかんだままだし、この状況で顔を見た真矢が自分から口を開かなくてはならないのだろうか。真矢は眉間《みけん》に皺《しわ》を寄せた。

「袖、つかんでますよね」

「困りますか？」

予想外の返事がかえってくる。いやいやいやいや、と心でツッコミを入れる。だが、真矢がなにか言う前に、彼女が懇願するように続けた。

「支障がなければ、このままでお願いします」

いったいなにがなんだかわからない。教室に向かう同じクラスの生徒たちが、不思議そうに真矢たちを見ている。なにか言おうとすると、彼女がまた口を開いた。

「早く行かないと、先生に怒られますよ」

それで怒られたら、真矢が悪いのだろうか。納得いかないが、とりあえず急ぐことにする。袖を握られているだけだから、気にさえしなければ、他に困ることはない。

教室に行くと、三十代くらいの小柄な女の先生が教壇に立っていた。担任の松永《まつなが》先生だ。国語教師だと聞いた。

「はい、みんな出席番号順に座って。一学期の席順は出席番号順にします。高校から入ってきた子たちが名前覚えるの大変だろうからね」

松永先生もすでに生徒たちと顔見知りの様子だった。直接話しかけたり、名前を呼んだりしている。

真矢は出席番号二番だった。いつもなら、一番なのに珍しい。クラス名簿を見ると、一番は相原花音という子だ。真矢も出席番号一番ばかりだが、この子はもっとだろう。席に座って前を見ると、そこには先ほど、真矢の袖をつかんできた子がいた。彼女もちょっと驚いたように真矢を見ている。

「よかった」

相原花音はなぜかそう言って、ふうっと息を吐いた。

なにがよかったのか尋ねる前に、先生が出席を取り始めた。

始業式のホームルームが終わり、女の子たちは仲良しのグループで集まって帰りはじめる。真矢ももらった連絡事項や保護者に渡す書類を鞄《かばん》にしまった。

顔を上げると、相原花音がじっと真矢を見ていた。

「えーと……」

変な子だ。挨拶《あいさつ》するでもなく、友達になろうとするでもない。真矢に関心があるのはたしかだろうが、袖をつかんできたときは、真矢の袖だけに用があって、真矢自身はどうでもいいと思っているみたいだった。

　とりあえず話しかけてみる。変な子でも、誰とも友達になれないよりはいいだろう。

「相原さん？」

「なんで知ってるの？」

　目を丸くする。なんだかすっとんきょうな子だ。

「ほら、クラス名簿もらったし、出席番号順に座ってるし」

「あ、そっか」

　やっと気づいたらしく、クラス名簿に目を落とす。

「秋月さんっていうんだ。受験会場にもいたよね」

「あのときも相原さんの後ろだったよ」

　ようやく会話らしい会話になってほっとする。花音は首を傾げて笑った。こうやって見ると可愛らしい子だ。まっすぐ切りそろえた長い髪が、涼しげな一重まぶたによく似合っている。真矢は中学でもときどき男子に間違われたほど背が高く、女らしさのかけらもないから、ちょっとうらやましい。髪も子供の頃からずっとショートカットだ。

　花音はふうっとためいきをついた。

「よかったあ。知ってる人誰もいないし不安だったの」

「わたしもそうだよ」

気がつけば、クラスの子たちはほとんど帰ってしまっていた。真矢と花音も自然と立ち上がる。

教室を出ると、花音はまた真矢の袖をつかんだ。二度目だから驚きはしないが、やはり不思議だ。

「なにしてるの、それ？」

「困る？」

「いや、困らないけど、なんでつかむのかなって思って」

花音はなぜかぎゅっと目を寄せた。黙っていれば、はかなげな美少女と言ってもいいのに表情がおもしろい。

「わたし、この学校が怖いの」

そんなことだったのか。たしかに古い校舎だし、まわりをビルに囲まれているせいで日当たりが悪くて、怪談の舞台にでもなりそうだ。建てられてから百二十年も時間が流れているのだから、なにか事件もあるような気がする。

そんなことを考えると、真矢も背筋が冷たくなる気がしたが、あいにく真矢には霊感らしきものはない。それだけではない。怪談などもそれほど怖いと感じないタイプだ。中学のとき、修学旅行での肝試しで、他の女の子たちが怖がったり泣いたりする中、平気でひとりで墓地を通り抜けたこともある。

　そういうものが絶対にないと確信しているわけではないが、少なくとも自分に見えることはないと思う。

　おそるおそる聞いてみた。

「相原さん、霊感とかあるの？」

「ないよ。あったら、こないよ。こんな学校！」

　花音は泣きそうな声で言った。

「ないのなら、見えないんだから別にいいやん」

「そういう問題じゃないんだよ……」

　真矢の袖をつかんで離さない。

「でも、ここで三年間勉強するんだよ」

「言わないでえ……」

　黙っていたところで状況は変わらないと思う。でもまあ、怖いのは自分ではどうすることもできないから可哀想だ。

「じゃあ、早く帰ろうか」

　階段を下りかけたとき、花音は真矢の袖をぐっと引いた。

「ねえ、ちょっとピアノ練習室に行ってみない？」

「ピアノ練習室？」

そんなものがあるなんて知らない。そもそもこの学校のことは、まだほとんど知らないのだ。

「なんで、そこに行くの？」

花音は声をひそめた。

「この学校の子たちの間で有名なんだって、出るって……」

今度は真矢が目を丸くする番だ。

「怖いんじゃないの？　怖いのにわざわざ見に行くの？」

あほちゃう？　と付け加えたかったが、今日会ったばかりであることを思い出して我慢する。

「ちゃんと理由があるんだよう」

話を聞こうとしたが、階段の下から男の先生が上がってくる。眼鏡をかけた優しそうな人だ。

「ほら、きみたち、いつまでも学校に残ってちゃいけないよ。今日は始業式だから、門の鍵《かぎ》も早く閉まるからね」

真矢と花音は「はあい」と声を揃えた。

学校帰りの寄り道は理由がない限り禁止されている。

だが、新入生が友達を作るのは、学校生活にとって必要なことではないだろうか。

そういうことにして、真矢と花音は、心斎橋にあるカフェ・アルベルタに向かった。

ここは、真矢の叔母《おば》である和佳子《わかこ》がやっているカフェだ。今日は昼に学校が終わるから、アルベルタで昼ごはんを食べさせてもらうことになっていたのだ。

叔母のやっているカフェならば、もし教師に見つかっても怒られることはないだろう。

「こんにちは、叔母さん」

カウンターの中でかき氷を作っていた和佳子がこちらを向く。

「友達連れてきちゃった。いい？」

「もちろん。二階に行く？」

頷《うなず》いて、二階に上がる。

ちょうど、オフィスのランチタイムも終わった頃だから、二階に客はいなかった。

窓際のテーブルに座ると、和佳子が水を持って上がってきた。

「お邪魔します。相原花音です」

花音は椅子から立ち上がってお辞儀をした。

「お昼、一緒に食べていってね。カレーがいい？　パスタがいい？」

「わあ、いいんですか。カレー食べたいです」

花音ははきはきとそう言った。真矢はこういうとき、つい遠慮してしまう。花音のように好意を自然に受け取ることのできる子が、いつもうらやましかった。

和佳子が一階に下りてしまうと、二階には真矢と花音ふたりだけになる。

「ねえ、どうしてピアノ練習室を見に行くの？　というか、あの学校、なんか出るの？」

そう尋ねると、花音は大きくためいきをついた。

「出る……って噂なん」

そう断言されてしまうと、さすがに息が詰まる。

「そんなのなにかの見間違いでしょ」

「そうかもしれないんやけどさ。なんか怖いやん」

絶対いると言い張られるよりも、そう力なく言われる方がこちらも怖くなる。

「怖いなら、わざわざ見に行かなくてもいいやん！」

「だから、そういうわけにはいかないの。お母さんに頼まれてるの」

真矢はぱちぱちとまばたきをした。

「なんで、お母さんが、そんなこと……」

花音は力なくうなだれた。

「うちのお母さん、小説家なの。普段はミステリを書いてるんだけど、ホラー小説を書かなきゃならないことになって……そんで取材してきてって頼まれたの」

予想もしなかった理由だ。

「凰西の卒業生のある人から、代々伝わる怪談があるって聞いたけど、ママは普通の高校だったから、ピアノ練習室がどんなものかよく知らないし、見てきて教えてくれないかって頼まれたの」

真矢は腕を組んだ。まったく、どこの親も娘を利用することばかり考えている。

「お母さん、なんていう小説家？」

「藍原芽衣子っていう……たぶん知らないと思うけど」

たしかに聞いたこともないが、それをはっきり言うと花音に悪い。

「図書館で見たことあるかも……」

花音は下を向いて、またためいきをついた。

「ともかく、締め切りが近いんだって。早いうちになんかひとつ、ネタを探さないといけないの。明日にでも一緒にピアノ練習室を見に行ってほしいの。お願い」

怖いのに、幽霊が出ると噂されている場所を見に行かなくてはならない理由はわかった。母親にそんなことを頼まれている花音は可哀想だし、なにより他人事《ひとごと》とは思えない。

だから、真矢は頷いた。

「わかった。一緒に見に行こう」

まさかその安請け合いが、あんなことになってしまうとは想像もできなかったのだ。

まずは情報収集だ。

翌日、休み時間に真矢は隣の席にいた、河上悠里《かわかみゆり》という生徒に声をかけた。もうすでに友達がたくさんいるようだから、附属中学出身だろうし、怪談について知ってるのではないだろうか。

ピアノ練習室の話を聞くと、悠里はひっと息を吸い込んだ。

「ヤバイよ。ピアノ室はヤバイ。絶対誰もひとりでは行かないもん」

「どんなふうにヤバイの？」

「放課後とか、誰もいないような時間に前を通ると、ぽろん、ぽろん、とピアノの音がするんだよ。聞いた人たくさんいるもん」

「誰かが練習してるんじゃないの？」

真矢がそう尋ねると、悠里は首をぶんぶんと振った。

「だから、のぞいたって誰もいないの。それに練習だったら、ちゃんと曲が聞こえるでしょ。一本指で弾いてるような音なんだよ」

「河上さん、聞いたの？」

「聞いてないけど、えーと、ちなみちゃんが聞いてる。ちょっと待ってね」

悠里が手招きしたのは、北斗《ほくと》ちなみという小柄な女の子だ。

「ちなみちゃん、ピアノ練習室で音聞いたよね……」

ちなみは目を大きく見開いた。

「なんで急にそんな話？」

「相原さんと、秋月さんが聞きたいんだって」

まあ、聞きたいのは花音なのだが説明すると長くなる。

ちなみの話は、悠里から聞いたのと少し違った。

ちなみは練習室で、ピアノの個人レッスンを教師から受けていたという。もともと練習室は、自宅にピアノがなくて練習ができない生徒のためにあるものだが、今は自宅にピアノのない生徒が、ピアノの授業を受けること自体がめったにないことで、教師の個人指導や、ピアノの試験などのときに使われるだけらしい。

別の部屋に改装するという話もしょっちゅう出ているのだが、なぜかそのたびにどこかでその案にストップがかかり、手つかずのままになっているらしい。

「ピアノのレッスンって……音楽科には進まなかったの？」

花音が無邪気にそう尋ねる。デリケートな部分だから触れない方がいいのに、と思ったが、ちなみはぺろりと舌を出した。

「ピアノ、親にやれって言われてやってきたけど、本当はあんまり好きじゃなかったし、ずっとやめたかったの。親と大喧嘩《おおげんか》しちゃったけどね」

個人指導を受けた後、教師が先に練習室を出た。幽霊が出るという話を聞いていたから、ちなみも早く出るつもりだったが、そのときポケットに入れてあった自転車の鍵がぽろりと床に落ちた。

「四つん這《ば》いになって捜して、ようやく見つけた。立ち上がろうとしたとき、他に誰もいないのに、急にピアノが、ぽろん、と鳴ったの」

花音が真矢の袖をぎゅうっとつかんだ。真矢もさすがに顔が強《こわ》ばる。

「すごい勢いで、鞄つかんで飛び出しちゃった」

ちなみはもうそれから練習室には行っていないという。

「前を通るのもいややもん」

他にもピアノの音を聞いた人はたくさんいるという。

「じゃあ、ピアノ室は普段使ってないの？　誰でも入れる？」

「本当は先生に許可もらわないといけないんだけど、めったに使ってないからのぞくくらいなら大丈夫だと思う」

　悠里が目を見開いた。

「もしかして肝試し？　勇気あるう」

「そういうわけじゃないんだけどさ……」

　花音は真矢の後ろから顔を出す。

「でも幽霊だったら、この学校で死んだ人とか……？」

　明治時代からあるのだから、人が死んでいてもおかしくない。このあたりは戦争で焼け野原になった地域でもある。

　悠里が言った。

「わたしが聞いた話では、三十年くらい前、苛《いじ》められて自殺した音楽科の生徒がいて、その子がよくピアノ室を利用していたとか」

「うわあ、やめてよう」

　花音は泣きそうな顔になった。自分で聞いたくせに、と真矢は思う。

　そんな話をしているうちに教師がやってきた。席に着いた花音が後ろを向いて言った。

「じゃあ、今日の放課後、行ってみようね」

怖がりなのに行動力だけはあるらしい。

凰西の校舎はコの字形になっている。

真ん中の建物が南館、その左右に東館と西館がある。音楽関連の教室は主に西館にあった。体育ホールや職員室、理科室、調理実習室など、科に関係なく使う教室や施設が東館にあり、授業が行われる教室は南館にある。附属中学も同じ建物だから、教室以外の施設は共用だ。

つまり、普通科の生徒は音楽の授業以外で西館に行くことなどない。見つかったらなんて言い訳するのだろう。

「まだ学校に慣れてないんだから、迷子になったって言えば許してもらえるんじゃないかな」

花音はそう言ったが、そううまく行くだろうか。

南館を通り抜けて、西館に足を踏み入れる。二階の奥にピアノ練習室があることは、花音が調べてきている。

西館は、南館や東館よりも暗かった。窓が多いから昔は光が差し込んでいたのだろうが、今はまわりに建つビルが遮ってしまっている。

花音は、真矢の腕をぎゅっとつかんでいる。知らない人が見たら、真矢が花音を無理矢理連れてきたように見えるだろう。

西館のいちばん奥にある階段を上った。踊り場で花音が泣きそうな声を出した。

「ねえ、秋月さん。手をつないでもらっていい？」

仕方がない。真矢が手を差し出すと、花音はぎゅっと握った。彼女の手は冷たくて汗ばんでいた。

なんだか少しくすぐったい。友達がいなかったわけではないけれど、真矢はあまりべたべたするのが好きではなかったから、もう長いこと手をつなぐようなことはしていない。

二階に上がると古いドアがあって、ピアノ練習室と書かれていた。耳を澄ますが、ピアノの音は聞こえない。花音は真矢の顔をのぞき込んだ。

「入ってみる？」

真矢は頷いた。ここまできたらもう覚悟はできている。

ドアノブをまわす。ドアは、他の教室のドアよりもずっと重かった。防音仕様になっているのだろうか。

中は、畳で言えば六畳ほどの狭い部屋だった。窓はなく、奥にアップライトピアノがひとつあるだけだ。

「なんにもないね」

ただ、狭い部屋の中にふたりで立っているだけだ。肩すかしを食らったような気がするが、現実はこんなものかもしれない。

なにもないピアノ練習室よりは、ぎしぎし鳴る校舎の階段の方がずっと怖い。

「もう帰ろうか」

こちらを振り返った花音の目が大きく見開かれた。息を呑《の》む。

「秋月さ……」

どうかしたのだろうか。尋ねようとしたとき、顔の横から白いものがにゅっと現れた。

女の手だった。指から先は血まみれだ。

そんなはずはない。真矢の後ろは壁なのだ。

血に汚れた手が二本、真矢の顔を挟み込むように突き出されている。

後ろにはなにもあるはずはないのに。

花音が、声にならない悲鳴をあげた。そのまま床に崩れ落ち、両手で顔を覆う。

その瞬間に手は消えた。

真矢は勢いよく後ろを振り返った。やはりそこは壁で、誰もいるはずはないのに。

花音は小刻みに震えていた。

「見た？」

真矢のことばに、花音はこくこくと頷いた。

もう一度、部屋を見回す。なにもない。先ほどまでと一緒だ。

「もう帰ろう」

花音が座り込んだままなので、手を握って立たせる。

花音の手を引いたまま、ドアノブをまわそうとすると、ぬるりとした感触があった。

掌《てのひら》に赤いものがべっとりとついていた。

ひゅっと喉《のど》が鳴った。悲鳴というのはそう簡単に出ないものだ。花音はもうがくがく震えながら真矢の腕にすがりついている。

ドアノブをまわさなければ逃げられないのに、恐ろしくて触れない。

血流が止まりそうなほど強く手を握り合いながら、しばらくふたりでがたがたと震えていた。

意を決してドアノブに手を伸ばしたときだった。

がちゃりとドアが開いた。驚いた顔をした年配の女性が立っていた。六十代くらいだろうか。白い髪を小さなシニヨンにし、上品な花柄のワンピースを着ている。

「あら、ピアノ室を使うの？　それとももう終わったのかしら」

「い、いいえ、わたしたち迷子になってしまって」

女性はくすりと笑った。

「じゃあ、普通科の新入生かしら。この時期、迷子になる人がけっこう多いのよ。さあ、もう帰りなさい」

震える足をなんとか動かしながら、真矢と花音はピアノ室からまろび出た。そのまま階段を駆け下りる。

今見たことをすべて忘れることができたらどんなにいいだろう。

家に帰ってから、真矢は何度もあの光景を思い出していた。

虚空から伸びた白い手、指から先が血で真っ赤だった。

今まで怖いものなど見たこともないし、感じたこともない。あんなものが見えたことも不思議だが、いきなり目の前から消えたことも不思議だった。

あの手はいったいなんなのだろう。

花音の家は、大阪市内のタワーマンションだった。

郊外の地下鉄も通らないところに住んでいる真矢には、市内のマンションは憧《あこが》れだ。

しかもタワーマンションなんて、ドラマの中の存在だ。

学校からも十分くらいしかかからない。うらやましすぎる。

花音はオートロックを解除して、中に入った。エレベーターで二十三階まで上がる。

ドアを開けて、中に声をかける。

「ママー、今帰ったよ」

「あ、お帰りなさい」

出てきた女の人を見て、真矢は驚いた。白に近い金髪、ボーダーのTシャツと太ももが丸出しのショートパンツ。

年齢は、真矢の母親とほとんど変わらないと思う。たぶん四十代前半くらい。だが、ファッションが異様に若い。おまけに小説家のイメージとも全然違う。

リビングのソファで、紅茶とケーキを出してもらった。プルーンの入った紅茶のパウンドケーキは、芽衣子さんの手作りだという。

「秋月さんだっけ。話を聞かせてもらえると助かるの。カノったら、全然要領を得なくって。怖すぎて全然見てないんだって」

真矢ですら、腰を抜かしそうになった。怖がりの花音なら無理もない。

「手が出てきたの？」

「はい、手です。たぶん女の人の……」

記憶をたどる。真矢はものを覚えるのが得意だ。英語の単語なども一目見ただけで覚えてしまうし、一度通った道は忘れない。

「どんなだった?」

芽衣子はショートパンツの足を組んで、メモを取り始めた。

「指の第一関節から先が血まみれでした」

「全部?」

目を閉じて、思い出す。

「左の親指、右の親指と小指には血がついてなかった」

「いいねえ。まるで他人事だ。そういうディテールが小説には大事なのよ」

まるで他人事だ。実際にあの空間にいても、芽衣子は「いいねえ」と言うのだろうか。なんか言いそうな気がしてきた。

「どんな感じがした?」

「どんな感じって……」

「恨みの波動が出ていたとか、悲しみに満ちていたとか、ない?」

そういうのは小説家が考えてほしい。

「ありません」

あきれてそう言ったとき、花音が口を開いた。

「さみしそうだった……」

「え？」

「なんか、さみしそうだった……」


放課後、真矢はひとりで、ピアノ室に向かった。

なぜか、もう一度あの光景を確かめてみたかったのだ。花音を誘っても、たぶん怖がられるだけだ。

半分くらいは、幻覚かなにかだと思っている。血まみれの手が虚空から伸びてくるなんてありえない。

あたりを見回して、ドアを開ける。

中にはやはり、アップライトピアノがひとつあるだけだった。なにも見えないし、なにも感じない。普段と同じだ。

なぜ、あのときだけ、妙なもの、現実にありえないものが見えたのだろうか。

怖いという感覚すらなかった。ピアノ以外はなにもない部屋。ただそれだけだった。

日常だ。これまでとなにも変わらない。

真矢はほっと胸をなで下ろした。あのときは、花音が怖がっていたせいで、真矢も影響を受けただけだ。

　最初に驚いたのは花音なのだから。

　肩の重荷を下ろして、真矢はピアノ室を後にした。


　それから一週間は何事もなく過ぎた。

　昼までで帰れる日々は終わり、午後まで授業が続くようになった。

　友達も増えた。昼休みに、花音とふたりでお弁当を食べようとしていたら、隣の悠里が「一緒に食べようよ」と誘ってくれたのだ。

　高校受験組とはだいたい仲良くなったし、内部進学の子たちのことも、少しずつ覚えて話すようになった。

　内部進学の子たちの中には、頑《かたく》なに内部組で固まって、高校受験組とは話そうとしない子たちもいたが、そんな子はごく一部だ。だいたいの子は、体育の授業や、教室移動のときとかに、気さくに話しかけてくれた。

　ピアノ室の手のことは、ずっと頭にあった。

　普通に授業を受けて帰る分には、西館に近づくこともない。だが、あんな体験をして忘れてしまうのは無理だ。

――お祓《はら》いとか、盛り塩とかそういうので消えてくれないかな。

そう考えてみたが、よく考えれば三十年前から噂されているのだから、そんなことはもうやっているだろう。それとも、なんの害もないから放ってあるのだろうか。

見間違いだと信じたいのに、あの血まみれの手のことが忘れられない。夢に見て飛び起きることもある。

授業が終わり、教科書やノートを鞄にしまっていると、花音が後ろを向いた。

「ねえ、今日、またうちに来ない？」

「いいけど、なにかあるの？」

遊びに行くのはかまわないが、ちょっと唐突だ。花音はあたりを見回して、誰も見ていないことを確かめてから、小さな声で言った。

「ピアノ室の手のこと、ママがいろいろ調べていたの。当時の在校生に話を聞いたりとか……」

「えっ！」

三十年前ならば、そのときの在校生は今四十代後半だ。昔だが、鮮烈な出来事ならばみんな覚えているはずだ。

「それで、ママが、真矢ちゃんが興味あるみたいだったから、もし話を聞きたければって……」

「聞きたい！」

忘れられるのなら忘れたいが、頭の中から消し去ることができないのなら、くわしいことが知りたい。なにも知らなければ怖いままだが、少しでも理解できれば怖さも和らぐ気がする。

「花音、お母さんからなんか聞いた？」

花音は顔をしかめて唇を突き出した。

「聞いてないよ。怖いもの」

花音と芽衣子はまったく似ていない。芽衣子が女子高生なら、誰に言われなくても目を輝かせて幽霊を見に行くに違いない。

それとも、年齢を重ねると花音もたくましくなるのだろうか。

一緒に地下鉄に乗って、花音の家に向かう。

午後の地下鉄は、朝ほど混んでいないから好きだ。学校には慣れたが、満員電車には全然慣れない。毎朝、登校するだけでへとへとになる。

花音の家に到着すると、芽衣子はパジャマ姿で現れた。

「やだ、ママ、まだ寝てたの？」

「もう寝てない。さっき起きたの」

真矢の家では、病気でもない限り起きたらすぐにパジャマは着替える。テレビなどで、パジャマで朝ごはんを食べている人を見ただけで、母は「行儀が悪い」と言う。

「ごめんねえ。締め切りで朝まで仕事してたの」

そう言いながら、パジャマのまま、紅茶を淹《い》れてくれる。びっくりしたが、別に芽衣子がパジャマであろうと、困ることはない。

紅茶と一緒に、箱に入ったチョコレートを出してくれた。

「わあ、ジャン＝ポール・エヴァンだ」

憂鬱そうにしていた花音の顔がぱっと輝く。真矢はそのチョコレートの銘柄すら知らない。チョコレートたちは箱にきれいに並んで、すました顔をしている。

ひとつ食べると、キャラメル味のフィリングが口の中に広がった。今まで食べたチョコレートの中でいちばんおいしいと思った。

芽衣子はパジャマのまま、向かいのソファに腰を下ろした。

「音楽科の生徒が自殺した事件だけどね」

夢のようにおいしいチョコレートから、現実に引き戻される。

「当時の在校生を探してみたの。凰西はプロになった音楽家が多いから、プロフィールで当時在校していた年代の人に当たってみたら、覚えている人が何人もいたわ。衝撃的な事件だったから」

真矢はソファに座り直した。花音はまだチョコレートを選んでいる。

「同級生が自殺したんですもんね……」

「その女子高生――名前は柏木美《かしわぎみ》春《はる》というんだけどね――彼女は、友達に事故で大怪我をさせてしまったというの。それでショックを受けて、屋上から飛び降りたそうよ」

「いじめじゃなかったんですね」

「友達に怪我をさせてしまったことで、クラス中から無視されたりしていたそうだから、いじめが原因でないとは言えない。でも遺書にはその友達への詫《わ》び言が書かれていたそうよ」

もし真矢でも、友達に怪我をさせてしまったりしたら平静ではいられないかもしれない。急にその人のことが、身近に感じられる。

「母親がなんとしても娘をピアニストにしようとして、有名なピアノ教師につけてスパルタ教育をしていたけど、あまりいい結果が出ずに苦しんでいたことも、遺書には書いてあった。だからピアノ室に出るんだと思うわ」

「怪我をした友達は……」

「その人は凰西で教師をやっているそうよ。小《こ》西遥香《にしはるか》という先生知ってる？」

真矢は首を横に振った。

少なくとも、授業を受け持っている先生の中にはいない。音楽科の卒業生だとしたら音楽科の教師になっているのではないだろうか。

「その人にも出版社を通して取材をお願いしたんだけど、断られたわ。まあ、教師になってたら、いくら昔の事件でも学校で起きた事件のことはべらべら喋れないわよね」

　たしかにそうかもしれない。納得しかけたとき、チョコレートを選んでいた花音がぽつりと言った。

「柏木美春じゃない」

「えっ！」

　真矢と芽衣子は、ふたりして花音の方を向いた。花音は顔を上げた。

「え？　どうかしたの？」

「だって、あんた今、柏木美春じゃないって」

　花音はぱちぱちとまばたきした。

「わたし、そんなこと言った？」

　覚えていないのだろうか。芽衣子もさすがに驚いた顔をしている。

　花音は、真矢とは違うものを感じ取ったのだろうか。前も「さみしそうだった」と言った。

　もし、花音の言うことが正しくて、あの手の持ち主が柏木美春でないのなら、あそこに残っているのはいったいなんなのだろう。


　小西先生のことは、悠里がよく知っていた。

「中学の英語の先生だよ。授業もわかりやすいし、優しいから人気あったよ。高校でも教えてくれればいいのに」

中学の先生なら授業を受けることはないが、校舎ではすれ違うはずだ。中学も高校も教室が違うだけで、校舎は同じだ。

　ふいに思う。小西先生は、ピアノ室の幽霊の話を知っているのだろうか。それが柏木美春だと噂されていることも。

　知っていれば、心静かではいられないような気がする。

　知らないのか、聞いても信じないのか、それとももうその存在に慣れてしまったのか。

　大人になれば、幽霊など信じずに生きていられるのかもしれない。芽衣子みたいに変わった人以外は興味すら持たない。真矢の母に言っても笑われるだけのような気がする。

　それは、数日後の昼休みだった。四時限目の体育の授業を終え、教室に戻ろうと階段を上っていると、二階から階段を下りてきた女性教員がいた。

四十代くらいだろうか。両手でコピー用紙の束をかかえている。

北斗ちなみが声をあげた。

「あっ、小西先生！」

隣を歩いていた花音がはっとするのがわかった。真矢も足を止める。

彼女が小西先生なのか。太っていて背が低いので、ころころと転がりそうだ。優しい先生なのは、醸し出す雰囲気からもよくわかる。

だが、すれ違おうとした瞬間、真矢は息を呑んだ。

小西先生の手は、ピアノ室で見た、虚空から伸びる手とそっくりだった。


真矢は花音の腕をつかんだ。きょとんとしている彼女に言う。

「ちょっときて！」

「え？　え？」

花音は混乱しながらも、真矢の走る方についてきた。

「どこに行くの？」

「ピアノ室！　確かめたいことがあるの」

それを聞いて花音は足を止める。

「えええっ、行かなきゃあかんの？」

「きてほしいの。お願い！」

もしかすると、あのときと同じ条件だったら。真矢ひとりではなく、花音とふたりなら。

「目、つぶったままでもいい？」

「いい！　かまへんから！」

花音の手を引っ張ると、彼女はあきらめたようについてきた。西館まで走って、ピアノ室を目指す。

ドアを開けると、ピアノ室には誰もいなかった。廊下を歩く、音楽科の生徒たちが不思議そうに真矢たちを見ている。

ピアノ室に入って、ドアを閉めた。花音はぎゅっと目を閉じた。真矢は、花音の手を握った。あのときと同じように。

とたんに世界が一変した。

二本の手が、真矢の前に突き出されている。血まみれの、小西遥香の手にそっくりな手。

怖い。だが、目を閉じたくはない。

二本の手にもうひとつの光景が重なった。

ピアノの前にふたりの生徒が座っている。

ピアノを弾いているのは、三十年前の小西遥香だ。ぽっちゃりしているけれど、今ほど太っていない。彼女の手は信じられないほどなめらかに動いて、美しい旋律を奏でる。彼女は自分の手が奏でる音楽に酔いしれるように鍵盤《けんばん》を叩《たた》く。

隣にはもうひとりの少女がいた。

彼女は泣きそうな顔をしている。彼女は気づきはじめている。小西遥香のような才能が自分にはないことを。

どんなに努力しても、望む高みには届かない。教師には叱責《しっせき》され、母親は失望する。自分がどんなに望んでも得られないものを小西遥香は持っている。

――いけない！

そう叫びそうになった。声は出なかった。出たとしても彼女――柏木美春には届かない。

美春は立ち上がってピアノの蓋《ふた》を勢いよく閉じた。

重い蓋が、遥香の指を押し潰《つぶ》して、骨を砕く。

遥香の悲鳴が上がる。

思わず、真矢は花音の手を振り払った。目の前の光景は弾《はじ》けるように消えた。

しばらく荒い息を吐いていた。

「真矢……ちゃん？」

気がつけば、花音が心配そうにこちらを見ていた。彼女は目を閉じていたから見なかったのだろう。

「どうしたの？」

「柏木美春じゃない」

ここに残されているのは、柏木美春の心ではない。

小西遥香の手だ。ピアノを弾く手。

柏木美春は小西遥香の手を殺した。

日常生活には困らないほど回復したとしても、もうなめらかに音楽を奏でることはできない。殺したのは、ピアニストへの夢だけではない。

ピアノを弾きたいという気持ち、音楽を奏でる幸せ、これまで小西遥香の人生を大きく彩ってきたもの、もしかすると彼女のすべてが殺されてしまったのだ。

ピアノを弾く手だけが、持ち主と離れてここに残っている。

もしかすると、手をここに残していかなければ、小西遥香は生きられなかったのかもしれない。

愛するピアノは自分から永遠に奪われて、しかも友達すら死んでしまう。

世界を憎悪せずに生きるために、彼女は手を切り離したのかもしれない。

その手だけが、ここでぎこちなく音楽を奏でようとしている。

いつまでも、いつまでも。

なぜ、ひとりでいるときはなにも見えないのに、ふたりで手をつなぐと不思議なものが見えるようになるのかは真矢にもわからない。花音にもわからないと思う。

学校がはじまって一ヶ月ほどした水曜日のことだった。

二時限目のチャイムと同時に、ドアを開けて入ってきたのは小西先生だった。

クラス中がざわつく。英語の時間だが、小西先生は中学の英語教師だ。このクラスの受け持ちは薬師《やくし》という男性教員だ。

小西先生は教壇に立って言った。

「薬師先生は、今日は体調を崩されてお休みです。今日はわたしが代わりにきました」

「えー、自習がいい！」と、誰かが言う。軽い口調だから本気ではない。たぶん、先うだ。

「えー、とか、わー、とか失望の声があちこちであがる。だが、その声は少し楽しそ

「駄目です。薬師先生から小テストを預かっているので、それをやってもらいます」

小西先生もくすりと笑った。

生と仲のいい子の発言だろう。

「じゃあ、小テストを配りますね」

先生はテスト用紙の枚数を数えて、最前列の生徒に渡す。花音もそれを受け取った。

一枚、自分の分を取ってから、後ろの真矢に渡す。

受け取るときに、偶然手と手が触れた。

ちょうど、テストを配り終わった小西先生が、机の横を通り過ぎていく。

真矢は息を吞んだ。

小西先生には、手首から先がなかった。

第2話　いざなう手

五月は憂鬱《ゆううつ》な季節だ。

秋月真矢は電車の中でためいきをついた。

空は青く、風は爽《さわ》やかで、木々の緑は美しく生い茂っているのに、高校生は満員電車に押し込められながら、都会の学校に通わなくてはならない。せめても、近くの公立高校に受かっていたら、自転車で爽やかに通学できたのに。

真矢は高校一年生にしては背が高く、百六十七センチもあるからまだマシだが、それでも目の前に知らない人の頭や顔がくるのは、あまりいい気持ちではない。背の低い相原花音などは、スーツの男性の中にむぎゅっと埋まって押し潰《つぶ》されてしまうだろう。

女性専用車両に乗れば、まわりは背の低い女性ばかりだから、視界は広がるし、息苦しくはないが、ラッシュ時の女性専用車両は一般車両よりも混雑している。

四月からこの電車で通学するようになって、少しは慣れたような気がしていたが、ゴールデンウィークのせいで、すっかり身体が混雑を忘れていた。ゴールデンウィークの期間は、祝日でなくても続けて休みを取る人が多いのか、電車はいつもよりもずいぶん空《す》いていた。

地獄の二十数分が終わり、ようやく到着した心斎橋駅のホームによろけながら降り立つ。このあたりで六割くらいの乗客も降りてしまい、電車が空くのも腹立たしい。

皺《しわ》になった制服を整え、真矢は歩きはじめた。階段の近くにある車両は混雑がひどいから、あえて少し離れた車両を選んでいる。

前を、同じ凰西の制服を着た少女が歩いている。

ほっそりとしていて、首が長い。制服のスカートから伸びる脚も細く、なのに筋肉がしっかりついている。

――バレエ科の子かな。

凰西学園高等部には一学年にひとつ、バレリーナを目指す高校生のためのクラスがある。二十人ほどと、人数は他のクラスより少ないが、遠くから見ていてもバレエ科の生徒は一目でわかる。

美しい子が多く、みんなほっそりとしている。それだけではない。背筋がまっすぐに伸びているのだ。まるで、妖精《ようせい》みたいだ、と真矢はときどき思う。

自分と同じ素材でできているとは思えない。小さい頃からバレエを習っていたら、あんなふうになれただろうか、と考えて、真矢は自分が恐ろしくリズム感がないことを思い出した。

きっと、バレエを踊っても、自分だけワンテンポどころか、大きく遅れて恥をかくだけだろう。

前を歩く少女は、階段を上りはじめた。少し後ろを歩きながら、おや、と思った。足取りがおぼつかなく、しかもどこかふらふらとしている。体調が悪いのだろうか。最初に目を留めたときには、十メートルも離れていたのに、気がつけば、真矢はほっそりとした少女のすぐ後ろについて、階段を上っていた。

どうしよう。声でもかけた方がいいかもしれない。

そう思ったとき、目の前の少女の身体が、ぐらりと傾いだ。

「ううう、痛いー」

「でかい図体《ずうたい》して、泣きごと言わないの」

そう言いながら、明石《あかし》先生は、真矢の膝《ひざ》に精製水を吹き付けた。そこは真っ赤にすりむいて血が滲《にじ》んでいる。

膝だけではない。腕にもすり傷がある。

階段で足を滑らせた少女はそのまま、真矢の上に落ちてきた。ふたりで、重なるように地下鉄の階段から転げ落ちた結果が、この傷だ。

「頭は打たなかったんでしょう。あとは、骨折もないようだし、軽く済んでよかったじゃない」

「はい……」

そして、今、真矢は保健室で傷の手当てを受けている。一時限目はもうはじまっているが、不可抗力なので真矢が悪いわけではない。

あの華奢《きゃしゃ》な少女は、そのまま気を失ってしまった。

真矢の方が下になって落ちたから、少しはクッションになったはずなのに揺さぶっても目覚めない。もともと意識を失って、倒れたのかもしれない。

まわりの乗客が駅員を呼んできて、やがて救急車が手配された。

真矢はすぐ起き上がれたので、そのまま学校に行っていいと言われ、その場を離れたのだ。落ちた少女のことも気になったが、大人の人がたくさんいたし、制服で学校もわかるから、学校に連絡も行くだろう。真矢が気にしても、なにか役に立てるわけではない。

学校に行き、遅刻の理由を担任の松永先生に説明すると、すぐに保健室に行くように言われた。両膝が血まみれで、制服のブラウスにも血がついていた。

足首も捻《ひね》ったようで痛みがある。

明石先生は、洗ったすり傷をパッドで保護すると、真矢の足首を触った。彼女は二十代後半くらいの養護教諭だ。一見、あまり表情がなく怖い印象だが、頼りになる人だと、附属中学から内部進学したクラスメイトが語っていた。真矢は今日、はじめて手当てをしてもらう。

「そんなに腫《は》れてないし、たぶん捻挫《ねんざ》ね。痛い？」

「少しは。でも歩けないほどではないです」

「じゃあ、しばらく冷やしておきましょ。今日はあまり動かさないようにね。痛みがひどくなるようなら病院に行ってね」

一時限目は苦手な数学だから、胸を張って欠席できるなら、少しだけラッキーだ。その代償が、小学生のようなすり傷だとしても。

明石先生が出してきた保冷剤で足首を冷やす。固定すれば、そのまま授業にも出られそうだ。

「今日は体育の授業ある？　あったら休んだ方がいいわね」

それもラッキーだ。体育は苦手ではないが、今日はプールの授業があるから、水着に着替えるのも、終わってから制服に着替えて、髪を乾かすのも面倒なのだ。

凰西学園は、温水プールが地下にあるから、一年を通して水泳の授業がある。オフィス街のど真ん中にあるため、運動場がなく、体育の授業をするスペースが少ないので、代わりに温水プールが造られたという。

明石先生は、ネットで保冷剤を固定しながら言った。

「それにしても、その倒れた子、心配ね。凰西の制服だったんでしょう？」

「はい、そうです」

制服のリボンの色は緑だったから、附属中学の子ではない。だが、少なくとも同じ学年ではないと思う。まだ、全員を知っているわけではないが、一学年にクラスは三つしかない。同じ高校一年の子たちとは顔を合わせる機会も多い。

倒れた少女の顔は、まったく記憶になかった。

高校の二年か三年か。もともと、それほど在校生の多い学校ではない。探そうと思えばすぐに見つかるだろう。

「知らない人ですけど、バレエ科のような気がしたんですよね。背筋がまっすぐに伸びていたから」

明石先生はメタルフレームの眼鏡をくいっと指であげた。

「バレエ科の子だったら、もしかしたら無理なダイエットによる貧血かもしれないわね」

「でも、すごく細かったですよ。ダイエットが必要だとは思えませんでした」

「普通の女の子とは、求められる細さも、必要性も全然違うからね」

そう言われてはっとする。

普通科ではなく、あえて音楽科、バレエ科を選ぶ生徒は、たいていプロを目指している。ピアノや声楽、バレエの授業がある分、他の授業は最低限になるし、カリキュラムも厳しい。

高校生の女の子は、たいてい自分の見かけに敏感なものだが、バレエ科の子たちは、それ以上の厳しさで、自分の体型を気にしているのだろうか。

「それに、体重の問題だけじゃないのよ。高校生って身体が変化するから。ほら、子供の身体から、大人の身体へと」

たしかにその変化は他人事《ひとごと》ではない。

真矢はあまり、身体の凹凸がない方だが、それでも中学生の頃よりは胸も膨らみ、お尻《しり》も大きくなってきている。できればもう少し、スタイルよくなりたいと思っているから、その変化は嫌ではないが、テレビなどで見るバレリーナは、筋肉はしっかりついていても皆、少女のような体型をしている。

あれを維持するには、かなりの自己管理が必要なのかもしれない。

「でも、それにしても、最近はちょっと多いわね。貧血で倒れる子……」

明石先生は独り言のようにつぶやいた。だが、真矢の方を見ると、はっとして口を閉ざす。

「どうかしたんですか？」

「ううん、なんでもないわ。さ、手当てが終わったから、教室に戻りなさい。保冷剤、昼休みに替えにきなさいね」

それ以上、先生を問い詰めるわけにもいかず、真矢は立ち上がった。痛みはあるが、歩くのに困るわけではない。

「それじゃ、ありがとうございました」

頭を下げて、保健室を出る。廊下の向こうから、附属中学の生徒ふたりが歩いてきた。片方が気分が悪いらしく、もう片方の女の子が肩を支えている。

彼女たちが保健室に入るのを見届けて、真矢は歩きはじめた。

教室に戻ったのは、一時限目が終わったときだった。

ドアを開けると、窓際の席にいる相原花音と目が合った。

「あっ、真矢ちゃん、休みじゃなかったんだ」

花音と真矢は、同じように外部中学からの進学で、出席番号も一番と二番だ。学校ではだいたい一緒に行動している。

「聞いてよ。今朝、えらい目にあってん」

足首のテーピングと保冷剤を見せる。両膝も保護パッドで覆われている。

「どうしたん？」

「上から、女の子が降ってきた」

花音は、首を傾げてしばらく考え込んだ。

「ナウシカ？」

「違う。それを言うならラピュタ」

どちらもテレビで見ただけだが。

真矢は、今朝起こったことを説明した。

「地下鉄の階段から落ちたって、どのくらいの高さから？」

「えーと、真ん中くらいかなあ……」

踊り場が目の前だったような気がする。

「わあ、けっこう高いよね。捻挫とすり傷で済んでよかった」

たしかに、真矢もそう思う。落ち方が悪ければまた骨折していたかもしれない。今年一月、家の階段から落ちて骨折したときも同じくらいの高さだった。

それにしても、やはり今年はついていない気がする。お祓《はら》いでもしてもらった方がいいのかもしれない。

「もうひとりの子も凰西？」

「うん、制服同じだったから……」

彼女は大丈夫だろうか。まさか頭を打ったりしていないだろうか。

「貧血で倒れただけならいいんだけどさ」

名前も知らない、顔もはじめて見た女の子なのに、妙に気に掛かる。

重なり合うように階段を落ちたときの、感覚がよみがえってくる。

そんなはずはないのに、彼女はまるで紙でできた人形のように軽かった。

その二日後の昼休みのことだった。

花音をはじめ、仲のいい友達とお弁当を食べていると、教室の後ろの方から声がした。

「秋月さんって子、このクラス？」

振り返ると、ふたりの見慣れない女子生徒が、クラスメイトの北斗ちなみに話しかけている。ひとりの少女に目をやって気づいた。

あのとき、上から落ちてきた女の子だ。

真矢はフォークを置いて立ち上がった。

「わたしです」

自分が行こうと思ったのに、彼女たちは教室に入ってきた。

「あなたが秋月さん？　わたしは二年二組の岸田《きしだ》塔子《とうこ》」

名乗ったのは、真矢と一緒に落ちたのとは、違う方の女の子だ。彼女の顔にはまったく覚えがない。

「それと、こっちが友成《ともなり》紗代《さよ》。この前、紗代があなたに怪我させちゃったって聞いて、一緒に謝りにきたの」

友成紗代がぺこりと頭を下げた。

「本当にごめんなさい。大丈夫ですか？」

真矢はあわてて、両手を振った。

「大丈夫です。ほんと、ただの捻挫とすり傷だったんで。もうほとんど痛くないです」

二組というのは、バレエ科のクラスだ。岸田塔子も、友成紗代と同じようにスリムで姿勢がいい。こうやって近くで見ると友成紗代は小柄だった。百五十七センチくらいだろうか。塔子は真矢よりも少し小さい。百六十五センチくらいはあるだろう。

髪をきっちり後れ毛のないシニヨンにまとめ上げているところも、バレエ科の生徒らしい。

紗代は、真矢の様子を見て、ようやく笑顔を見せた。

「よかったです。わたし、全然覚えていないんですけど、昨日先生から聞いて、びっくりしました。大怪我でもさせていたらどうしようかと思いました」

「友成さんは大丈夫なんですか？」

落ちた後、完全に意識を失っていた。頭でも打ったのか、それとも落ちる前に失神したのか、気になっていた。

「昨日、精密検査してもらったんです。くわしい結果が出るのは、来週ですけど、たぶん貧血だろうって言われました」

貧血だけならば、それほど心配することはない。なにか重大な病気が隠れていて、それが貧血を引き起こしたという可能性もあるが、精密検査をしたのならそれもわかるだろう。

塔子が怒ったように言った。

「紗代は、最近、あまり食べてないから心配してたんだよ」

「ごめんね、塔ちゃん。なんか食欲なくて」

その会話を聞く限り、無理なダイエットをしていたわけでもなさそうだ。明石先生の心配は、このケースでは当てはまらなかった。

だが、紗代の顔はひどく青く、生気がない。重い病気でなければよいのだが。

塔子は真矢に向かって、手を差し出した。

「でも、本当にありがとう。秋月さんがクッションになってくれなかったら、紗代が怪我してたかもしれないし……。紗代は来年、国際コンクールに出場することになってるから、今、怪我したら大変なんだよね」

「塔ちゃん、それは秋月さんには関係ないし……」

「いいえ、お役に立てたのかどうかわからないけど、お怪我がなくてよかったです」

少なくとも、紗代よりは真矢の方が脂肪を蓄えている。

塔子の話を聞く限り、紗代はバレエ科の中でも、将来有望な生徒なのだろう。プロのバレリーナとしてやっていくのだろうか。

ぼんやりと思う。自分が平凡な存在でないと感じるのは、どんな気分だろう。そんなふうに感じてみたいと思う。

たぶん、そこには平凡な人間には計り知れない苦労があるのだろうけれど。

紗代はもう一度ぺこりとお辞儀をした。

「じゃあ、本当にありがとう。ご迷惑をおかけしました」

「いえいえ、そんな……」

ふたりは手を振って、教室から出て行こうとした。手を振り返そうとしたとき、ふいに、小さくて冷たい手が、下ろしている方の手に触れた。

花音の手だ。覚えのあるその手をきゅっと握り返す。

その瞬間、真矢はひっと息を呑《の》んだ。

紗代の足下から一本の手が伸びていた。痩《や》せ細った、骨と皮だけになった手。

その手は、紗代のスカートをがっちりとつかんでいた。花音も同じものを見ているのだろう。真っ青になっている。

紗代も塔子もまったく気づいていない。笑顔でお喋《しゃべ》りをしながら、教室を出て行く。

見えてはいけないものだ。なにかが現実に顔を出している。

そう思ったが、声は出なかった。腕はずるずると引きずられるようにして、消えていった。教室の笑い声が遠くから聞こえてくるようだった。


　ふたりが行ってしまうと、真矢と花音は顔を見合わせた。

「なんで手握るんよ！」

「ごめん。なんか急に怖くなっちゃって……」

真矢は花音を睨《にら》み付けた。花音は泣きそうな顔で答える。

なぜかはわからない。だが、真矢と花音が手をつなぐと、世界の境目が曖昧《あいまい》になる。

現実ではないものが見える。

入学して一ヶ月でいろんなものを見た。凰西は百二十年の歴史がある学校だから、校舎の中にはいろんな念がわだかまっている。廊下の隅に後ろ向きに立つ誰かの背中、階段の手すりにかかっている制服のリボン、空の花瓶にうっすら透けて見える枯れたコスモス。手を離した瞬間、どれも消えてしまい、現実に戻っているのが不思議だった。

すべてが害をなすものではないことはもうわかっている。だから花音とはあまり手をつながないようにしていたのだ。

だが、腹を立てながら真矢は気づいた。

不穏な気配は、真矢もかすかに感じていた。だから、花音の手が近づいてきたとき強く握ってしまったのだ。

「ねえ、どうしよう……」

花音は不安そうな目で、真矢を見上げた。

「なにを?」

「このままにしておいていいのかな」

返事に困る。これまで見てきた不思議なものは、あまり害があるようには思えなかった。もう何十年もそこに存在していたものだし、誰かを傷つけたという話も聞かない。

だが、友成紗代は、顔色が悪く、しかも気を失って階段から落ちている。たまたま大怪我をしなかっただけで、ひとつ間違えば大変なことになっていたかもしれない。

「でも、いきなり言っても信じてもらえるかな」

真矢のことばに、花音はこくりと頷《うなず》いた。

「絶対、変な子だと思われるよね」

――あなたのスカートを、痩せた手がつかんでいますよ。だなんて。

真矢はしばらく考え込んだ。

「ねえ、花音のお母さん、なにか知らないかな」

「ママ？」

花音の母親は小説家だ。普段はミステリを書いているが、ホラー小説も書くという。だとすれば、怪奇現象にくわしい専門家を知っているのではないだろうか。

花音はうっと呻《うめ》いた。

「ママ、あんまりそういうこと信じてないんよね」

「えっ、だって、この前のときもいろいろ調べてくれたやん」

あのとき花音の母親の助けがなければ、真実に辿《たど》り着くことができなかった。

「好奇心とサービス精神旺盛《おうせい》なタイプだから、話にはのるし、興味はあるけど、本当は見間違いかなにかだと思ってるみたい」

花音は娘だけに母親のことをよく観察しているようだ。そう言われると、とても納得がいく。

どこか冷静なのもよくわかる。そうでなければ、娘を凰西に通わせ続けることはないだろう。

真矢も本当のところ、今見たものが信じられない。「脳のエラーですよ」とでも言ってもらえると、どんなにほっとするだろう。

「でも、一度聞いてみる。今日、ママ家にいるけど、くる？」

「うん、行く」

たとえ、本当には信じていなくても、花音の母親が真矢たちのことばを笑い飛ばすことはないし、興味を持って調べてくれることはよくわかっている。

真矢の両親は、常識を背中に貼り付けたような人たちだから、こういうことでは頼りにできない。

「真矢ー、お弁当食べないの？　昼休み終わるよ」

一緒にお弁当を食べていた友達に、そう声をかけられて、真矢ははっとした。

どちらにせよ、食欲はすっかり失《う》せてしまっているのだけど。

花音の家に遊びに行くのは楽しい。

大阪のど真ん中にあるタワーマンション、梅田にもなんばにも十分ほどで出られるし、すぐ近くに、おしゃれなカフェも雑貨屋もある。窓からは、生駒山《いこまやま》が一望できる。郊外の、のんびりとした住宅地に暮らしている真矢にとってはなにもかもが憧《あこが》れだ。インテリアもおしゃれでセンスがいい。

「あ、いらっしゃい。真矢ちゃん」

出てきた芽衣子は、ノースリーブのトップスに、ショートパンツというスタイルだ。髪も金髪に染めているし、母親らしからぬファッションに最初は驚いた。

だが、芽衣子にはよく似合っているし、なによりかっこいい。

真矢はすっかり、芽衣子のファンになってしまっていた。自分の母親と違って、うるさいことを一切言わないところもいい。花音の方は、この奔放すぎる母親に振り回されてばかりいるらしいのだが。

部屋がきれいに片付いているところを見ると、締め切りは一段落して、時間に余裕があるようだ。それとも、執筆中の気分転換かもしれない。

芽衣子はロイヤルミルクティーと焼きたてのマフィンを出してくれた。マフィンは、フランボワーズとクリームチーズが入っていて、お店のもののようにおいしい。

おやつを食べ終わってから、真矢と花音は今日見たことについて、芽衣子に話した。

予想した通り、芽衣子は茶化したり、否定したりせず、最後まで聞いてくれた。

「なるほどねえ。ちょっとそれは気になる話ね」

「ですよね」

真矢はソファから身を乗り出した。

「友成さんが、顔色が悪くて、ふらふらしていることが気に掛かるんです。食欲もないって言っていたし……」

芽衣子は、こくりと頷いた。雰囲気はまったく違うが、こうやってみると顔立ちは花音によく似ている。

「わかったわ。関西でそういう怪異にくわしい人を探してみる。安心して。顔だけは広いから」

そう言ってもらえてほっとする。

芽衣子は足を組み替えた。

「でも、その友成さんがどう考えているかをまず聞かないとね」

「えっ？」

「彼女が、なにかおかしいと思っていて、それを解決したい、悪いものがいるならそれを祓いたいと思っているなら、わたしたちにも手伝えるけど、彼女がそんなことを思っていないのなら、よけいなおせっかいでしょ」

「でも、いきなり『痩せた手がスカートをつかんでる』なんて言ったら、びっくりしますよね……」

「それで、びっくりして、おかしなことを言ってると思うのなら、彼女のことはなにも心配することないんじゃないかな。反対に、嫌な雰囲気を感じているなら、きっと笑い飛ばしたりしないはずだし」

真矢は、ふたつ目のマフィンを頬張っている花音に目をやった。

たしかにその通りかもしれない。

見えはじめてから気づいた。多くの人は、怪異と同じ場所に存在している。それはまるでかすかな匂いのようなものだ。

気づく人には間違えようのないたしかなものだし、そうでない人は気にせず通り過ぎてしまう。たとえ、こちらが不安になっても、声高に騒ぎ立てるようなことではないのかもしれない。

「わかりました。ともかく、友成さんに聞いてみます」

芽衣子はにっこりと笑って頷いた。

その二日後の朝だった。

　自宅の最寄り駅で、ぼんやりと電車を待っていると、後ろから声をかけられた。

「秋月さん」

　振り返ると、そこには岸田塔子が立っていた。

「岸田さん、この駅だったんですか？」

「そう。秋月さんもこのあたり？」

　毎日、同じ駅から電車に乗っていたとは気づかなかった。

「友成さん、あれからどうですか？」

　昨日の昼休み、花音とふたりで二年二組まで紗代を探しに行ったのだが、紗代も塔子もいなかった。

　上級生に声をかけるのもためらわれて、そのまま自分たちの教室に戻ってしまった。

「それが、昨日また具合悪くなっちゃって、そのまま保健室で授業が終わるまで休んでたの」

「えっ？」

「今日も病院に行くと言ってたから、こないかもしれない」

　表情が暗いのは、紗代のことを心配しているせいだろう。

　真矢はおそるおそる尋ねた。

「あの……友成さん、なにか最近、身辺で不思議なことがあったって言ってませんでしたか？」

「不思議なこと？　それは知らないけど、一ヶ月くらい前から急に食欲がなくなっちゃって、お弁当なんかもほとんど食べなくなって、心配しているの」

「それまでは元気だったんですか？」

「うん、一年生のときは普通に食欲もあったし、春休みも同じ先生のところにレッスンに通っているから、しょっちゅう会ってたけど、なにも変わった様子はなかった」

だとすれば、二年に進級した前後に、なにかが起こったことになる。

その頃になにか大きな変化はなかったか、塔子に聞いてみる。

「うーん、紗代が新しいバレエの先生のところに、レッスンに行きはじめたってことくらいかなあ。ローザンヌに来年出場するから、コンテンポラリーの振り付けもしなければならないって」

いきなり知らない単語が出てきて、ちんぷんかんぷんだ。きょとんとしている真矢に気づいたのか、塔子が説明してくれる。

「紗代はスイスの国際コンクールに出場することになってて、そこはクラシックバレエだけでなくコンテンポラリーっていう現代的なバレエも課題に入っているの。うちの学校はコンテンポラリーは弱いから、よその有名な先生に振り付けを頼んで、レッスンにも通っているの」

塔子は、ふいに遠い目をした。

「でも、紗代、その先生が怖いから、レッスンに行きたくないって言ってた」

背筋がぞくりとする。怖い、というのは、厳しくて怖いということなのだろうか。

だが、国際コンクールに出場するほどの実力があるのに、厳しくされた程度でへこたれるだろうか。

「でも、体調崩しちゃうと大変だよ。ローザンヌも年齢制限があるから、あと二回しか受けられないし、もし大病だったら、チャンスを逃しちゃう」

「そうなんですね……」

華やかでうらやましいと思っていたバレエ科も、ただ優雅に過ごしているだけではないのだと、思い知らされる。

「で、どうしてそんなこと聞くの？」

塔子に、そう問われて、真矢は口ごもった。

「少し心配なことがあるんです。わたしの気のせいならいいんですけど……」

「じゃあ、紗代に言っておこうか？　あ、よかったらメアド教えとこうか？」

電車が混んでくる前に、急いでアドレスを交換する。

「じゃあ、紗代にもメールしておくね。学校にきたら、秋月さんが話をしたがってたって伝えておく」

「よろしくお願いします」

ちょうど電車はターミナル駅に到着し、大勢の人が乗り込んできた。あっという間に、塔子とは話もできない距離に引き離されてしまった。

しかし、紗代がまた病院に行っているのは気に掛かる。なにもないといいのだが。

あのとき見た、痩せた手は、紗代をどこかに引きずり込もうとしているように思えて、真矢は小さく身震いした。

塔子からメールが届いたのは、その日の昼休みだった。

「紗代、入院することになったみたい。それと、ちょっと気になることを聞いたんだけど、放課後、時間取れない？」

すぐに返事を送る。真矢は部活動もしていないし、放課後は家に帰るだけだ。叔母《おば》の和佳子が経営しているカフェ・アルベルタの二階を借りて、会うことにする。平日の午後は空いているから、一階席しか使っていないはずだ。

制服での寄り道は校則違反なのだが、ほとんど守られていない。繁華街である心斎橋に学校がある時点で、そんな校則はまったく無意味である。

花音と一緒にアルベルタの二階で待っていると、塔子が少し遅れてやってきた。もうひとり、凰西の制服を着ている少女を伴っている。

彼女の顔ははじめて見るが、大人びていて、どこか色っぽい。華奢で姿勢がいいから、彼女もバレエ科なのかもしれない。

塔子ともうひとりの少女は、真矢たちの前に座った。

「こちら、三年二組の英《はなぶさ》りりかさん」

三年なら大人っぽいのも頷ける。部活動をしていない真矢にとっては、はじめて接する最上級生だ。真矢と花音も自己紹介をする。

りりかはいきなり話を始めた。

「塔子ちゃんに聞いたんだけど、紗代ちゃん、三笠《みかさ》先生のことが怖いって言ってたんだって？」

「三笠先生？」

尋ね返すと、塔子が答える。

「ほら、紗代が通ってるコンテンポラリーの先生。三笠穂波《ほなみ》という女の先生なの。今、五十代くらいかな。普段は振り付けがメインで、めったに生徒は取らないってことなんだけど、先生が有望だと思った子だけ、レッスンしてくれるというの」

「わたしも一年生のとき、ちょっと通ったの。でも、すぐやめちゃったけど」

りりかのことばに、真矢と花音は顔を見合わせた。花音が口を開く。

「どうしてやめたんですか？」

りりかは顔を真矢たちに近づけた。

「怖かったから」

三笠穂波にレッスンしてもらえると聞いたときは、うれしいと思った。

三笠先生のバレエスクールは、過去に多くのプリンシパルを生み出している。五年ほど前から、スクールを閉め、限られた生徒にだけレッスンをつけていると聞いたが、希望者が多く、なかなかチャンスがもらえないという話だった。

三笠先生が、生徒を選ぶ理由は気まぐれで、誰にもわからないらしい。

順番待ちをしていればまわってくるわけでもないし、実力だけで選んでいるわけでもなさそうだ。りりかよりも、ずっと実力のある友達が断られたのを知っている。

たぶん、現在の実力よりも、この先の伸びしろを考えて選んでいるのだ。そう自分を納得させて、りりかは三笠バレエスクールへと向かった。

三笠穂波が住んでいるのは、芦屋《あしや》にある洒落《しやれ》た一軒家だった。以前はバレエスクールの看板を上げていたが、今はもう看板を下ろしてしまい、普通の住宅と変わらない。

レッスンはマンツーマンで、一時間。

三笠先生のレッスンを受けたい人はたくさんいるのに、自分だけのためにレッスンをしてもらえるなんて、とても贅沢《ぜいたく》なことだ。

コンテンポラリーは苦手だから、少しでも先生の教えを吸収したい。そう思いながら、りりかは先生の前に立った。

三笠穂波は五十代とは思えないほど若々しかった。もとはヨーロッパの一流のバレエ団で、プリンシパルをやっていたのに、なぜ、今はこんな小規模のスクールしかやっていないのか理解に苦しむ。

厳しく、叱りつけられるかと思ったのに、三笠先生は驚くほど優しかった。

だが、指導はさすがに的確で、これまでよりも音にのれて、心地よく踊れた。

一時間のレッスンを終えると、先生はりりかをリビングに連れて行った。

「ちょっと待っててね」

そう言って、彼女が奥から持ってきたのは、きれいな苺《いちご》のショートケーキと紅茶だった。

あ、困ったな、とりりかは思った。

女子には珍しいと言われるのだが、りりかは甘いものが苦手なのだ。あまり好きではないというレベルではなく、はっきりと嫌いである。口の中が気持ち悪くなるので、普段はほとんど食べない。

小学生の頃は、給食に出たゼリーやババロアを友達にあげて、いつも感謝されていた。

電話がかかってきて、三笠先生は席を外した。その隙に、紅茶だけを飲む。

――食べなくてもいいよね……。

ケーキだって、嫌っているりりかに食べられるよりも、好きな人においしく食べられたいのに決まっている。

そう思って、手をつけずに荷物をまとめて、上着を着た。

先生が戻ってきたら、挨拶《あいさつ》して失礼しよう。ケーキを食べなかったこともそのときに詫《わ》びよう。そう思って、立ったまま待つ。

電話を終えたのか、三笠先生が戻ってきた。

リビングのドアを開けた先生は、その場で足を止めた。

視線は、テーブルの上のショートケーキに注がれている。

「……どうして食べないの？」

「あ、すみません。甘いものが苦手で……」

笑顔で、そう言おうとしたりりかは息を呑んだ。三笠先生は、レッスン中とはまるで違う恐ろしい顔でショートケーキを見つめていた。

「食べられないというの？」

すくみ上がってしまいそうな冷たい声だった。「そんなことないです」と言って、座ってフォークを手に取りたくなった。

だが、なにかがおかしい。そう思う気持ちが、その行動にブレーキをかけた。

ケーキを食べないことは、責められるようなことだろうか。

「あの……せっかく出していただいたのですが、どうしても苦手なんです。ごめんなさい。今日はどうもありがとうございました」

ぺこりと頭を下げる。顔を上げたが、三笠先生は顔を背けて、唇をふるわせていた。冷たい怒りが、はっきりと伝わってくる。だが、怒られるようなことをした覚えはない。

「失礼します」

りりかはもう一度頭を下げると、玄関に向かった。先生はひとことも声を出さなかった。

なんなのだろう、いったい。そう思いながら、玄関を出る。門までの敷石を歩きながら、庭の方に目をやると、三笠先生が庭に面したガラス戸を開けていた。

そして、ショートケーキを手づかみで、庭に投げ捨てた。

ぞっとした。いったい、あのケーキはなんなのだろう。ただ、食べなかったというだけであれほど激昂《げっこう》する理由が思い当たらない。

背筋に冷たいものを感じながら、りりかは足早に立ち去った。

「それからもう一回行ったんだけど、全然身を入れて指導してくれなくて……あまりに投げやりだったから、もうやめたの」

りりかはそう言って、肩をすくめた。

「そんなことが……」

真矢はようやく、そのことばだけを絞り出した。

「でも、他にも凰西で、三笠先生のところに通っている生徒いましたよね」

塔子が尋ねると、りりかは頷いた。

「三年の浅岡《あさおか》さんも二年の冬から通い始めたって言ってたけど……」

それを聞いて塔子は青ざめた。

「浅岡さんって靭帯《じんたい》断裂して、手術したって聞きましたけど」

「そう。その事故が起こったのは、学校でだから、三笠先生には関係ないはずなのだけど……」

そう、「関係ないはず」だと思っても、なにかつながっているような気がしてしまう。

なにより、真矢と花音は、紗代のスカートをつかむ手を見ているのだ。あの手は、強い意識を持って、紗代のスカートをわしづかみにしていた。どこかに引きずり込もうとするかのように。

真矢は思い切って、塔子に尋ねた。

「あの……友成さんのお見舞いに行っていいでしょうか」

「たぶん、紗代は嫌がらないと思う。一応、連絡しておくわ」

「お願いします」

やはり、なにか危険な気がする。このままにはしておけない。

紗代の見舞いには、土曜日に行くことにした。

花音はぷりぷりと怒っている。

「ママに、早く怪異にくわしい人を探してって言ってるんだけど、締め切りが目の前で忙しいらしくて……」

「仕方ないよ。仕事は大事だもの」

大人は大人の論理の中で生きている。本当かどうかわからない怪異よりも、優先すべきものがあるのだろう。

真矢はとりあえず、近くの神社でお守りをもらってきた。気休めくらいにはなるかもしれない。花音は、小さなアトマイザーを持っている。

「それなに？」

「ママからもらったの。ルルドの聖水だって」

「ルルド」という地名をはじめて聞いたので、携帯電話で検索してみた。フランスの南西部にあるキリスト教の聖地らしい。

土曜日、昼までの授業が終わると、真矢と花音は塔子と待ち合わせて、郊外にある大学病院へと向かった。

塔子の表情は暗かった。

「血液の病気かもしれないから、あらためて入院して精密検査してるんだって」

血液の病気といえば、白血病などもそうだ。治療が大変な病気も多いと聞く。

「今検査しているということは、異常なしという可能性だってあるんですよね」

塔子を慰めるためにそう言ってみたが、彼女の顔色は晴れない。

「わからないけど……」

ふう、とためいきをついて、言う。

「でも、貧血がひどいのは事実だから」

現実に症状が出ているのだ。病気が見つからなかったというだけでは、安心できないのかもしれない。

塔子はすでに一度、見舞いにきているという。彼女のあとについて、花音と真矢も入院病棟に向かう。

紗代は電動ベッドを半分起こして、本を読んでいた。顔色はやはり青白い。

「あ、秋月さん、きてくれたの？　ごめんなさい。わざわざ」

消え入りそうにはかなげに微笑む。なんだかその顔を見ただけで、胸が痛んだ。

花音がぺこりとお辞儀をした。

「相原花音です。秋月さんの友達です」

紗代は目をぱちくりさせた。

「もしかして、藍原芽衣子先生の娘さん？」

「え、母を御存じなんですか？」

「直接は知らないけど、大ファンやの。娘さんが凰西にいるっていう噂は聞いたんだけど、まさか会えるとは思わなかった」

紗代の表情が明るくなると、それだけで空気が華やぐ。塔子もほっとしたような顔をしている。

真矢は呼吸を整えて、そっと花音の手を握った。

どこかに吸い込まれるような気がする。同じ場所にいるのに、スイッチが切り替わったような感覚。

紗代のベッドの上には、あの痩せた手があった。シーツをわしづかみにして、腕から先は虚空に消えている。

これほど、はっきり見えているのに幻覚なのだろうか。花音が真矢の手を強く握った。たぶん、彼女にも同じものが見えている。

紗代は目を見開いて、真矢と花音を見比べた。

「どうかした……？」

ベッドの上に、痩せた腕が。そう言おうとしたのに、口が動かない。自分が引きずり込まれるような気がする。

見ているものに耐えられず、花音の手を振りほどこうとしたときだった。

紗代が小さくつぶやいた。

「熱い……」

窓際に立っている塔子が振り返る。

「えっ、暑い？　今日は肌寒いと思うけど」

ベッドの上に目をやった真矢ははっとした。

痩せた腕が燃えていた。青白い炎に包まれて、指の先から灰になっていく。

紗代はぼうっとしたような顔をしている。膝の上で、手が燃えているのにまるで見えていないようだった。だが、なにかを感じている。

「紗代？」

名前を呼ばれて、紗代はまばたきした。

「どうしたの？」

「わたし、どうしたんやろ」

指は一本一本灰になっていく。やがて、手首からその先の虚空まで燃え尽きていく。

火が消えたとき、まがまがしい気配も消えた。


結局、真矢と花音は、紗代にはなにも言わずに病室を出た。本当に、ただお見舞いに行っただけということになってしまった。お守りもルルドの聖水も役に立たなかった。それとも持っているだけで、なにか御利益はあったのだろうか。

ただ、ひどくくたびれて、ふたりで待合室のソファに座り込む。塔子はもうしばらく、紗代と話してから帰るということだった。

無駄足を踏んだような気分だが、腕そのものが燃えて消えてしまったのだから仕方ない。

「あれ、なんやったんかな」

花音がそうつぶやく。腕のことなのか、それとも腕を包んで燃やした炎のことか。聞かれても答えられないのは同じだった。

しばらく、ふたりでソファの背もたれに身体を預けながら、待合室のテレビを眺めていた。

テレビはローカルニュースに切り替わった。

「今日、午後一時半頃、芦屋市にある三笠穂波さんの自宅から火が出て、全焼したというニュースが、ただいま入りました。焼け跡からは、女性の遺体が二体、発見されたということです。警察は、穂波さんと、その長女の茅《ち》夏《なつ》さんだとみて、捜査を進めています」

思わず、真矢は花音を見た。彼女もぽかんと口を開けている。

冷たい汗が噴き出た。花音も青ざめている。

恐怖のあまり花音の手を握ろうとして、はっとしてやめた。

病院だけに、またなにかが見えてしまっても困る。

火事の原因は漏電だった。

その後、警察の捜査でわかったことがある。茅夏は、火事で亡くなったのではなかったのだ。

推定される死亡時期は、およそ一年前。三笠穂波は、茅夏の遺体を一年間隠し続けていた。

庭の花壇の中に、大きく掘り返したあとがあり、腐敗が進み、白骨になるまでそこに埋めていたのではないかと推測された。

「茅夏さんは、お母さんと同じようにバレエの道を目指していて、才能もあったというんだけれど、太りやすい体質だったそうなの」

芽衣子は、穂波と茅夏をよく知る知人から、当時の話を聞いてきていた。

繰り返されるダイエット、やがて茅夏は摂食障害に陥ってしまう。

もうそうなってしまえば、バレエなど踊れない。ただでさえ、肉体芸術には体力が必要だ。

穂波は、バレエスクールの看板を下ろし、必死で茅夏の摂食障害を治そうとしたらしい。

もともと、ダイエットを強要したのは穂波だったという。プロだった彼女は体型管理の大事さをよく知っていた。痩せなければプロにはなれない。そう思っての、教育だったという。

だが、それが茅夏の心を壊してしまった。

「茅夏さんが、なぜ亡くなったのかはわからない。自殺だったのか、それとも摂食障害のせいで、死に至ったのか……」

五年以上引きこもっていたせいで、茅夏のことを気にかける人は誰もいなかった。穂波が死亡届を出さなかったせいで、茅夏は生きているものとして扱われた。

背筋に冷たいものが走る。

穂波は、娘の死を信じたくなかったのかもしれない。だから、生きているものとして扱い続けた。

茅夏の白骨遺体は二階のベッドに寝かされていたという。穂波もその部屋で重なるように死んでいた。捜査の結果、出火当時、穂波が一階にいたことがあきらかになっている。そのまま逃げずに、二階に行ったせいで、逃げ遅れて死んだ。

花音がつぶやいた。

「茅夏さんを助けようとしたのかな」

もしくは茅夏に呼ばれたのか。

穂波が有名人であったこと、娘の死亡時期が一年前だったというショッキングな情報のせいで、一時期、このニュースはセンセーショナルに扱われた。

だが、すぐに娘の死に事件性がないということが判明し、報道は沈静化していった。

友成紗代は、三日後退院した。精密検査では異常は見つからず、貧血そのものも改善されたということらしかった。

本人もけろりとしている。「熱い」と口走ったことなど、なにも覚えていないらしい。

疑問はいくつも残っている。

あの手は茅夏の手だったのか、手は紗代を引きずり込もうとしたのかとか。穂波が捨てたケーキはいったいなんだったのかとか。火事が起きたのは、本当に偶然だったのかとか。

だが、追究すれば、きっともっと恐ろしくなるだろうし、なにもかも焼けてしまい、それを知る人が死んでしまった今では、真実を確かめることなどできない。

ならば、忘れてしまうしかない。そんなことは不可能でも、無理矢理に。

真矢も花音も紗代もりりかも、この先、生き続けなければならないのだから。

第3話　捨てないで

彼女のことはずっと前から知っていた。

いつも、小鳥のようなものを肩に止まらせていたからだ。

六月に入り、制服は夏服に替わった。

白いブラウスと緑のリボンは同じだが、ブレザーを着なくてもよくなり、スカートは薄手の夏物になった。まだ少し肌寒くて、秋月真矢は長袖《ながそで》のブラウスを着ているが、さっさと半袖に切り替えたクラスメイトたちもたくさんいる。

凰西にきてから、自分が当たり前だと思っていたことが、当たり前でもなんでもないことを知らされた。ごく狭い範囲での当たり前だったのだ。

真矢が通っていた中学では、教室に冷房など入っていなかった。夏休みがあるのだから、別に必要ないという理由だったが、七月の半ばや九月のはじめなどは、直射日光の当たる教室はまるで蒸し風呂《ぶろ》のような暑さで、タオルのハンカチで何度も汗を拭《ぬぐ》いながら授業を受けるしかなかった。

冬は教室に、ひとつストーブが置かれるだけだった。

凰西学園では、全館冷暖房付きである。校舎が古いからあまり効かないと、内部進学の子たちが話していたが、それでもあるのとないのとでは全然違う。しかも、五月の終わりの暑い日に、エアコンが稼働しはじめたときには、真矢も驚いた。

真矢の家では、六月も終わりに近くなってからではないとエアコンをつけることはない。冷房は身体に悪いというのが、母の持論である。

クラスメイトたちが、当たり前のようにルイ・ヴィトンやシャネルの財布やパスケースを持っていることにも驚いた。そういう子たちは、見せびらかすでもなく、けろっとした顔で「ママのお古だよ」とか「パパの出張のお土産で」などと言うのだ。

中学のときは、そんな高そうなものを持っている子はいなかったし、よっぽどおしゃれな子以外は、服はスーパーやしまむらで買ったものばかりを着ていた。

凰西のクラスメイトたちは、私服も驚くほどおしゃれだし、高価なものであることがよくわかる。格差ということばについて、しみじみと考える。

もっとも、真矢だって、グッチやヴィトンを持っていなくても凰西に通うことができているのだから、恵まれているのだろう。

そして、いちばん中学と違うのは、体育の時間である。

これは凰西があまりにも特殊なのかもしれない。なんといっても、学校が小さすぎて運動場が存在しないのだ。

入学試験ではじめて凰西学園を訪れたときは驚いた。学校には運動場があるものだと思っていた。凰西にあるのは小さな中庭だけだ。通り道に園芸部が花を植えているだけで、狭すぎて生徒が全員集まることもできない。

だから、体育の授業は体育ホールか、地下にあるプールで行う。運動会などは、よその運動場を借りて行うらしい。

中学でやったような、ハンドボールやソフトボールなどはとてもできない。器械体操だとか、バスケットボールやバレーボールなどが中心になる。

そして、真矢が、同じクラスの田渕菫《たぶちすみれ》を意識しはじめたのは、体育ホールでのある出来事がきっかけだった。

その日の体育は、マット運動だった。

体育の、崎島《さきしま》先生が声を上げる。

「準備運動をしますから、ふたりひと組になって」

並んでいる順番に組を作ったとき、真矢の目の前にいたのは、相原花音だった。

花音は、真矢の顔を見てぎゅっと眉《まゆ》を寄せた。

「真矢ちゃん、なんで嫌そうな顔するん？」

花音とは仲良しだ。学校でも常に一緒に行動している。

「だって、あまりにも同じ顔ばかり見てるから」

冗談めかしてそう言ったが、花音と準備運動をするのはあまり気が進まない。

真矢は身体が固く、柔軟体操が苦手だ。花音は、運動神経は決してよくないし、走るのも真矢よりも遅いのに、身体が柔らかい。手加減なしで、ぐいぐい押してくるので、少し痛いのだ。

それだけではない。真矢と花音が、手をつないだり、身体のどこかを触れあわせていると、なぜか世界の境界線が曖昧《あいまい》になる。

普通なら見えないようなものが見えるようになる。

そして、この学校は百二十年以上続いているだけあって、あちらこちらに、不思議なものが浮遊している。できればあまり見たくはない。

この前は、二年生のスカートをつかむ手を見てしまった。思い出すだけでぞっとする。花音は、怖がりのくせに無頓着《むとんちゃく》でスキンシップが好きだから、気軽に触ってくるし、そのこと自体は嫌ではないのだが、真矢も怖くないわけではないのだ。

花音がマットに脚を広げて座り、真矢が背中を押して前屈をする。

花音の身体はふにゃりと曲がって、床にぴったりと付いた。相変わらず、うらやましいほど柔らかい。

そう思って、顔を上げたときだった。前にいた田渕菫の背中に、目が引き寄せられる。

肩に小鳥が止まっている。

いや、小鳥かどうかわからない。小鳥ぐらいの小さな生き物が肩にふわりとのっていた。

（なに、あれ？）

花音の背中から手を離すと、その小さな生き物の存在は消えた。

もう一度、花音の背中に手を触れる。

また、なにかが菫の肩にいるのがわかる。

曖昧な輪郭と、気配のようなものを感じた。小鳥のようなそれは、菫の肩を小さな歩幅で歩いている。

セキセイインコかカナリアか、掌《てのひら》におさまりそうな小さな生き物。

不思議と怖いとは感じなかった。

他の人には見えないものが見えることにも、少しずつ慣れてきた。それに、その小さな生き物が悪いもののようには思えなかった。

身体を起こした花音が、あ、と小さな声を上げた。

たぶん、彼女にも見えたのだ。

その小さな生き物が。


体育ホールから教室に戻る途中に、花音に聞いてみた。

「見た？」

花音はこくこくと頷《うなず》いた。

「見た。田渕さんでしょ？」

真矢は声をひそめた。

「あれ、なんだったのかな」

「ハムスター、かな？」

花音の返事に、真矢は少し驚いた。

「えっ、鳥に見えた」

「そうかな。わたしには、ハムスターかリスに見えた」

同じように不思議なものを見ていても、真矢と花音ではときどき見え方が違う。

現実に存在するものと違って、その存在はあまりに曖昧だ。手で触れて確かめることもできない。

「田渕さんが飼ってたなにかなのかな」

階段を上りながら花音がつぶやいた。

「たぶん、そんな感じじゃないかな」

この学校にはいろんなものが浮遊している。だが、あのなにかは、田渕菫の肩につかまっていた。肩の上をうろうろはしていたが、そこから離れようとはしていなかった。

菫に関係するなにかだと考える方が自然だ。

「なんか可愛いね」

花音のことばに真矢は頷いた。

恐ろしいものだとは思えなかった。ごく小さな、弱い生き物が、菫を愛して離れがたくてそこにいるような感じだった。死んでしまったペットに違いない。

田渕菫は、はっとするような美しい少女だ。髪は短く切っていて、どこか少年めいた雰囲気があるが、色が白く首もすっと細くて、自分と同じものでできているとは、とても思えない。

菫という名前にふさわしい、本当に菫の砂糖漬けのような少女だ。

バレエクラスの少女には美しい子が多いが、菫は彼女たちに交じっていてもひときわ目を惹《ひ》く。

ときどき、ひどく理不尽な気がする。

美しいということは、それだけで強さと特権を手に入れているようなものだ。菫のような子から嫌われたら、それだけで絶望的な気持ちになるような気がする。

どこに行っても、美しい子は愛される。

小学校でも中学校でも美しい子は、教師にも可愛がられたし、男子たちからも一目置かれていた。子供でも、そんな空気はわかる。

きれいな女の子と、そうでない子は、たぶんまったく違う人生を歩むのだ。誰だってそう思っている。

テレビに出ているアイドルも、とびっきりきれいな子と、そうでもないファニーフェイスの女の子は、まったく扱いを変えられる。ファニーフェイスの子だって、アイドルがつとまっているのだから、普通の女の子よりも可愛いのに。

世の中はあらかじめ、不公平にできている。

それとも、大人になり、お化粧などをするようになれば、その不公平も少しは解消されるのだろうか。父親にそっくりな自分の顔を見るたび、絶望的な気分にしかならないのだが。

菫ならば、死んでしまった小鳥の魂を肩にのせていても、不思議はないような気がする。

そのとき、真矢はそんなふうに思ったのだ。

勝手なイメージを他人に投影するのは、決してよいことではない。そう気づいたのは、もっと後になってからだった。

田渕菫は、あまり社交的なタイプではない。

附属中学から進学していて、知り合いは多いし、他のクラスメイトにも嫌われているわけではないのだが、普段は、同じクラスの城山晴乃《しろやまはるの》とばかり行動している。

真矢や花音とは、家庭科の班分けで同じ班になったから、そのときは話をするが、それでも親しいと言えるほどではない。

動物を飼っていたかどうかを、いきなり聞くのは難しい。

その日の家庭科の授業は、調理実習だった。お弁当を決まった材料で献立から考えて作るというもので、同じ班の子たちと額を集めて、献立を相談した。ピーマンの肉詰めと、舞茸《まいたけ》の混ぜごはん、玉子焼き、にんじんのグラッセなどを一時間かけて作り、自分たちのお弁当箱に詰めて後片付けをしたところで、お昼休みのチャイムが鳴った。

このまま、今日の昼休みは作ったお弁当を食べることになっている。自然と班のまで食事がはじまった。

真矢と花音が担当した舞茸の混ぜごはんは、水分が多くて柔らかすぎたが、他の子たちの作ったものはおいしかった。特に、菫の作ったにんじんのグラッセは、甘さといいバターの照りといい、お店で出てきても不思議はない出来だった。梅形に切ってあるのも素敵だ。

真矢の母親が作るよりもおいしいかもしれない。真矢の母は、料理下手ではないのだが、健康を気にするあまり、いつも油分と塩分が圧倒的に少ない。

「菫ちゃん、これ、おいしいよ」

そう言ったのは北斗ちなみだ。彼女はピーマンの肉詰め担当だったが、おそるおそるピーマンをふたつに切った以外は、洗い物に徹していた。料理はほとんどやったことがないらしい。

菫は、はにかんだように笑った。

「料理、好きだから」

「いろいろ作るの？」

花音がそう尋ねた。花音はあれから菫に興味を持っているらしい。真矢だって気になる。

もちろん、あなたの肩になにかがいるけれど、それなあに？　なんて聞けやしないし、聞かないけれど、やはり気になるではないか。

真矢は椅子を、隣にいる花音に近づけた。自然と肩が触れあう。

菫の肩には、またふわふわしたなにかがのっている。楽しげに菫の肩で歩いたり、足を止めたりしている。

動きはどこか可愛らしい。なのに、見てはいけないものを見たような気がして、真矢はまたすっと花音から離れた。

気が付けば、菫が作る料理の話題で盛り上がっていた。

「どういうのが得意なの？」

望月《もちづき》彩《あや》が尋ねた。彼女も内部進学の生徒で、クラスでは目立つグループに属している。

「えっと……グラタンとか、唐揚げとか」

「鶏《とり》の？」

花音が前のめりになって尋ねた。菫はちょっと驚いたようだったが、素直に頷いた。

「うん、唐揚げといえば、鶏だよ。でも不思議だね。他にも唐揚げにするものはあるのにね。カレイとか」

菫の話をこんなに長く聞くのははじめてだ。おっとりとした話し方のせいで、黙っているよりももっと可愛らしく見える。

話し方だけでも真似したくなるが、たぶん真矢がやっても似合わない。理不尽だ。

真矢は、思い切って口を開いた。

「わたし、文鳥が飼いたいんだけど、飼ったら鶏肉食べられなくなるかなあ」

望月彩が笑った。

「なあに、秋月さんっておもしろい。文鳥と鶏は全然違うやん」

「大丈夫大丈夫、わたしだって金魚飼ってるけど、魚食べるよ」

ちなみも笑いながらそう言った。

花音が、話を続ける。

「わたしはハムスターが飼いたいな。可愛いもん」

真矢が菫のペットについて探ろうとしていることに、花音も気づいたらしい。

「わたしはチワワが欲しいんだけど、お母さんが駄目って言うんだよね」

「えー、わたしはトイプードルがいいな」

クラスメイトたちが口々に言いたいことを言う。真矢は菫の表情をうかがった。

彼女はただ、微笑みながら聞いているだけだ。興味もないが、聞くのも別に不快ではないといった顔だ。

思い切って聞いてみた。

「田渕さんは、なんか飼ってる？」

菫はきょとんとした顔になった。

「わたし？　わたしはなにも。動物って死んじゃうから、ちょっと怖い」

それを聞いた瞬間、内部進学組たちの表情が変わった。いつも明るい彩でさえ、なぜか表情を曇らせる。

ちなみが話を変えるように言った。

「わたし、猫飼いたい。マンチカン？　マンカチン？　とかそういう種類の」

「あっ、あれ、可愛いよね！　脚の短い子でしょ。わたしも欲しい！」

そう声を上げたのは花音だった。その後、可愛い猫の話で盛り上がり、菫の話はそれ以上聞けなかった。

たぶん、あの様子では菫はペットを飼っていない。だが、過去になにか動物の死でショックを受けるようなことを経験しているのかもしれない。

親しくもないのに、これ以上踏み込むのはルール違反だ。真矢は好奇心を抑え込んだ。

調理実習室を出るとき、自然に花音と肩が触れあった。

また菫の肩に止まっているなにかが見えた。真矢は一瞬、息を呑《の》んだ。

そのなにかは、じっと真矢のことを見つめていた。

その週の金曜日、真矢は花音の家に遊びに行くことにした。

花音の家は中之《なかの》島《しま》にあるタワーマンションだ。こんな都心に住むなんて、どんな気分だろうといつも考える。学校まで十分ほどで着いてしまうのもうらやましい。

真矢などバスと電車を乗り継いで、一時間はかかる。朝などは満員電車だから本も読めない。

心斎橋から御《み》堂筋線《どうすじせん》に乗り、淀屋《よどや》橋《ばし》で降りたときだった。

ホームで、男性が女子高生の腕をつかんでいた。女子高生は凰西の制服を着ていた。

「頼む。楓《かえで》のことを話してくれないか」

「話すことなんてありません！」

その声を聞いて驚いた。男と揉《も》み合っているのは菫だった。

周囲の大人たちは、遠巻きに見ているだけで、誰も菫を助けようとしない。無性に腹が立った。

真矢は、花音の腕をつかんだ。

「行こう！」

花音の手を引いて、菫の方に向かって走る。

「菫ちゃん、お待たせ！」

菫は、驚いた顔でこちらを見た。ただ、その表情にはあきらかに安堵《あんど》の色が浮かんでいる。

同時に肩にのった、なにかの存在にも気づく。その曖昧な輪郭の生き物は怒っていた。菫や真矢たちにではなく、男に対して、威嚇するような仕草を見せている。

やはり、この小さな生き物は、菫の味方なのだ。

男は、真矢たちが近づいていったことで、怯《ひる》んだようだった。菫の腕から手を離す。

「俺はあきらめないからな」

そう言いながら、男は菫を強く見据えた。背を向けて、立ち去る。

真矢は胸をなで下ろした。衝動的に話しかけてしまったが、男が激昂《げっこう》したらどうしようとは思っていた。

「ごめんなさい。ありがとう」

菫は小さな声でそう言った。生き物は怒るのをやめて、菫の肩に止まる。

「大丈夫？　今の人、もう行っちゃった？」

花音は背伸びをして、男の立ち去った方を見ながらそう尋ねた。

「たぶん……」

そう言いながらも菫は不安そうだ。真矢と花音が立ち去った後、また男が近づいてくるかもしれない。

年齢は二十代後半くらいだろうか。背が高く、整った顔立ちをしていた。だが、頭に血が上ったような様子で、まわりの人が立ち止まるような大声をあげていた。普通ではない。菫が怖がるのも無理はない。

花音がぽんと手を打った。

「よかったら、田渕さんもうちにこない？　中之島なの」

「えっ、いいの？」

「いいのいいの。真矢ちゃんと一緒にＤＶＤ観ようと思ってるけど、よかったら。帰りはどこか違う駅から乗ったら？」

市内中心部だけに、このあたりは駅と駅との間隔が近い。十分くらい歩けば、別の駅に出る。そこから乗れば、待ち伏せされることもない。

真矢たちは一緒に、改札を出た。

男がついてこないかだけが気になって、何度も振り返ったが、つけられているような様子はない。今日はあきらめたのかもしれない。

中之島公園を歩きながら、菫は不安を抑えるかのように喋った。

「わたし、いつも淀屋橋で乗り換えしてて……次から遠回りになるけど、淀屋橋を通らないようにする」

だが、制服を見れば学校もわかってしまう。制服というシステムはいったいなんのためにあるのだろうかとよく思う。

こんなとき、生徒を守らないだけではなく、よけいに危ない目に遭わせることになる。

後をつけられていないことを確かめて、花音のマンションに向かった。菫は特に驚くこともなく、豪奢《ごうしゃ》なエントランスに足を踏み入れた。内部進学組の子たちは、裕福な家の子が特に多い。

エレベーターで二十三階まで上がる。花音は、インターフォンを鳴らさずに、鍵《かぎ》を開けた。

「散らかってるけど、気にしないでね」

そう言って、ドアを開ける。見れば、たしかに玄関にはゴミが袋のまま置かれている。

「あー、もう、またママ出してない。後で出してこないと」

花音はぶつくさ言いながら、靴を脱いだ。

「お邪魔しますー」

声をかけてから、中に入る。今日は芽衣子はいないのだろうか。

「ママは仕事してるの。相当ヤバイって。もう二週間、家に籠《こ》もりっきり」

「えっ、そんなときに遊びにきていいの？」

「いいよー。だって、わたしが遊ぶのを我慢しないといけない理由はないもん」

いつものことなのだろう。花音はけろっとしている。

リビングのソファには、脱ぎ捨てた服が散らばっていた。花音はそれをさっさと片付けた。

「今、お茶淹《い》れるからソファで座っててね。田渕さんもごゆっくり」

花音はそう言って、ダイニングに向かった。真矢と菫は並んでソファに座った。

まだ落ち着かない様子の菫に話しかける。

「花音のお母さんって、小説家なんだよ。だからたぶん今は締め切り前」

「えっ、そうなんだ」

クラスでそれを知っている子も多いのだが、菫は知らなかったらしい。あまり噂話などは好きではないのだろう。

「お待たせ」

花音は、麦茶を入れたグラスを三つ持ってきた。

そのあと、おやつに炊飯器で炊いたごはんを、三人でおにぎりにした。料理が好きだとあって、菫はきれいな三角形のおにぎりを作った。真矢のはいちばん歪《いびつ》で、花音は小柄な身体に似合わない巨大な三角形を作った。

花音は、その巨大な三角形と麦茶をトレイにのせて、芽衣子の仕事場に入っていった。

台所からリビングに移って、三人でおにぎりを食べる。菫が教えてくれた揚げ玉おにぎりは香ばしくておいしかった。花音のにはクリームチーズとおかかが入っている。

おにぎりを食べ終えると、花音は紅茶を淹れてくれた。

蒸し暑い季節になってきているが、あたたかいミルクティーを飲むとほっとする。

菫もそうなのだろう。表情がずいぶん和らいできている。

「さっきはありがとう」

菫にそう言われて、真矢と花音は顔を見合わせた。

「真矢ちゃんが気づいたんだよ」

「誰だって気づくよ。あんなの。怖かったよね」

菫は下を向いた。泣きそうな顔になっている。

「あの人、お姉ちゃんの彼氏だって言ってた」

「え？」

お姉ちゃんというのは、菫の姉のことだろうか。

「なんで、お姉さんの彼氏が……？」

「わたしのお姉ちゃん、去年亡くなったの。だから亡くなった理由を知りたいとか、お線香あげさせてくれとか、そんな手紙が届いていたんだけど、うちの家族はみんな無視してた。だって、お姉ちゃんは彼氏の話なんてしたことなかったし、携帯に、メールの記録もなかったの。彼氏だなんて信じられない」

真矢は調理実習の後の、微妙な空気を思い出した。

ちなみや彩は、菫の姉のことを知っていたのだろう。だから、菫の口から死という単語が出たとき、敏感に反応した。

「そうだったんだ……」

花音は両手でマグカップを温めながらつぶやいた。

「でも、彼氏じゃなくても知り合いか友達だったのかな。彼氏になったと誤解したとか……」

「わかんない。でも、お姉ちゃん、そんなにメジャーじゃないけど、アイドルで、深夜のテレビとかにも出てたの。だからファンかもしれない」

それを聞いて、菫があの男を警戒していた理由もわかった。

彼氏だという男の主張を簡単に信じることなどできないだろう。

かすかに、心がざわつく。一年前のアイドルの死、と聞いて、記憶の扉が開きそうになる。たしか、話題になった事件があったはずだ。真矢はあまり関心がないから、記事を探したりはしなかったが、中学でクラスメイトが話をしていた。

菫の鞄《かばん》の中で携帯電話が鳴った。

「あ、お母さんからだ」

菫は、そうつぶやいて電話に出た。

「うん……今、友達のところ。うん、大丈夫。これから帰るから……」

電話を切って、菫は携帯電話を鞄にしまった。

菫の帰りが遅いので心配したのかもしれない。

「今日は本当にありがとう。助かったし、家に呼んでくれてうれしかった」

真矢も立ち上がった。

「送るよ。北浜《きたはま》の方に出る？」

淀屋橋から歩いて十分ほどの駅だが、そこから乗れば男と顔を合わせることはないだろう。

「わたしも行く。帰りにケーキ買って帰るから」

花音も財布と鍵を持って立ち上がる。菫は辞退しようとはしなかった。やはりまだ不安なのだろう。

真矢と花音は駅まで菫を送っていった。

地下鉄入り口を下り、改札の前で彼女を見送る。花音が、身体を寄せてぎゅっと真矢の手を握った。

菫の肩には、やはり白いふわふわとしたなにかが見える。

手をつないだせいか、これまでよりも輪郭がはっきりと見えた。

それは、白いくまのぬいぐるみだった。

花音の部屋に戻って真矢は携帯電話で事件について調べた。

いくつかの検索ワードを打ち込んでみると、事件はすぐに見つかった。

「アイドル、自宅で飛び降り自殺」

あまりに衝撃的な見出しに息を呑む。震える手で記事を読んだ。

アイドルグループ「うさみみリボン」の田渕楓さんが、東京都の自宅マンションのベランダから飛び降り自殺。遺書はなく、事務所も特にトラブルなどはなかったとのコメントを発表。

これが菫の姉であることに間違いはない。

写真に出てきた楓は、菫によく似た美少女だった。髪が長く、頬もふっくらとしていて、中性的なムードのある菫よりもフェミニンだ。

他の記事も読んだが、遺書もなく、死ぬ前に家族や事務所の人間に連絡した様子もない。発作的に飛び降りてしまったのではないかと推測されている。

あとは、下世話な邪推に満ちたゴシップ記事ばかりだ。無関係な立場ならともかく、クラスメイトの姉だと知ってしまったからには、そういうものは読みたくはない。

真矢は花音に携帯電話を渡した。記事を読んだ、花音の表情が曇る。

「田渕さん、ショックだっただろうね……」

「うん……」

そして気になるのは、彼女の肩にのっているぬいぐるみだ。

いや、動いているからぬいぐるみとは言えないのかもしれない。ぬいぐるみのくまのようななにか。

可愛らしいと言えなくもない。それがアニメか映画なら。

今、真矢はあのぬいぐるみのことが少し怖いのだ。菫は大丈夫なのだろうか。


月曜日、学校に行くと、菫が駆け寄ってきた。

「秋月さん、今週土曜日空いてる？」

「え、うん。特に予定はないよ」

習い事は両親が経営している学習塾に行っているだけだが、土日は関係ない。

「もしよかったら、このあいだのお礼がしたいし、うちに遊びにこない？　相原さんと一緒に」

「お礼なんて別にいいよ。遊びには行きたいけど」

「ううん、いいの。わたしも理由をつけてお菓子焼きたいだけだから」

菫の作ったお菓子なら食べてみたい。

「花音にも聞いておくね」

ちょうど、花音が教室のドアを開けて入ってきた。

「あっ、相原さん」

菫が手招きして、花音を誘う。花音も特に用事はないようだった。

「じゃ、土曜日遊びに行くね」

「うん、うち、千林《せんばやし》だから駅まで迎えに行く」

午後から遊びに行く約束をして、菫は自分の席に戻っていった。

真矢は、花音の肩に手をかけて去って行く彼女を見る。肩にはやはり白いぬいぐるみがのっていた。

もう少し親しくなれば、あのぬいぐるみのことが聞けるだろうか。

生まれたときから大阪に住んでいても、降りたことのない駅、行ったことのない街はたくさんある。千林もそのひとつだ。

駅から出ると活気のある商店街があった。

真矢が住んでいるのは、郊外の新しい街だから、商店街などは近くにない。買い物はいつもスーパーだ。

菫なら、緑の多いおしゃれな街に住んでいそうなイメージだったから、下町に住んでいるのは少し意外だった。

だが、賑《にぎ》やかで、住みやすそうな街だ。

駅まで、菫が迎えにきてくれていた。白地に青い花柄の綿のワンピース、足下がビーチサンダルなのが、いかにも地元らしくて可愛い。

どんなお家《うち》かわからないから、真矢も花音も少しおしゃれをしてきた。真矢は白いブラウスとチェックのカプリパンツ、花音は白い衿《えり》がついた紺のワンピースを着ている。

商店街を通り抜けて、しばらく歩く。菫の家は、こぢんまりとした一軒家だった。

「どうぞー。今日は誰もいないから、気を遣わないでね」

玄関で靴を脱いで、中に上がる。すでに、台所からいい匂いがしてきている。

花音がくんくんと犬のように空気を吸い込んだ。

「いい匂い。バナナの匂い」

「あたり！　バナナタルト焼いたの。今冷ましてるから、後で食べようね」

リビングではなく、直接、二階の菫の部屋に向かった。

「どうぞ」

ベッドと勉強机と本棚、部屋の真ん中にはローテーブルがある。クッションとベッドカバーを更紗《さらさ》柄《がら》で合わせていたりと、センスのいい部屋だった。ベッドの足下に、ぬいぐるみが並んでいるのを見て、はっとした。

カエルや羊、トイプードル、くまもいるけれど茶色で、白ではない。

菫は、一度一階に下りて、トレイにケーキとお茶をのせて、戻ってきた。チェブラーシカの絵の、可愛らしいマグカップを真矢と花音に配る。バナナタルトには生クリームも添えてあった。

「いただきまーす」

バナナタルトは、生地もフィリングもちょうどいい焼き具合で、おいしかった。

「おいしい！　買ってきたケーキみたい。菫ちゃん、ケーキ屋さんになれるよ」

花音はいつの間にか名前で呼んでいる。相変わらず人懐っこい。

「えー、でも、ケーキ屋さんは絶対重労働だもの。わたしは普通に仕事して、趣味でケーキ焼く方がいいな」

菫はどうやら、見かけや雰囲気よりもずいぶん現実的な性格らしい。

真矢はおそるおそる聞いてみた。

「あの後、あいつとは会った？」

「心斎橋の駅にいるところを一度見たけど……そのときは気づかれずに電車に乗れたから……」

ぞっとする。最寄り駅までできているということは学校の前で待ち伏せされる可能性もある。

そうなると乗り降りする駅を変えても駄目だ。

菫はふうっとためいきをついた。

「わたし、お姉ちゃんもあいつにつきまとわれていたのかな、と思うの。だから、怖くて不安でたまらなくて……それで……」

恐怖から逃れるために自分の部屋から身を投げたのだろうか。それほどの恐怖というのは、まだ想像できないが、なにより続くことが怖いというのは少しわかる気がする。

菫ははっとした顔になった。

「ごめん。陰気な話しちゃって……。お姉ちゃんの話、誰かから聞いたよね」

花音は首を横に振った。

「ううん、クラスの子からは聞いてないよ。この前、菫ちゃんからお姉さんがアイドルで亡くなってって聞いて、それで、ニュースになってたことを思い出したの」

菫は泣きそうな顔で下を向いた。

「クラスのみんな、あんまり話さないでいてくれるんだ……」

ショッキングなニュースだが、友達の姉の自殺を、おもしろおかしく話題にするような子はいないと思う。

なんとなく、今、聞いてもいいような気がした。

「あのね、田渕さん、白いくまのぬいぐるみって持ってる？」

菫の目が大きく見開かれた。あきらかに覚えがあるような顔だ。

「ちょっと待って」

菫は立ち上がってクローゼットを開けた。小さな箱を開けてなにかを出す。

彼女の手には小さなサイズのくまのぬいぐるみがあった。背筋に冷たいものが走る。

思っていたよりも古いが、菫の肩にのっていたものとそっくりだ。

「これのこと？　どうして知ってるの？」

真矢は花音と顔を見合わせた。

「それって、お姉さんとなにか関係ある？」

「お姉ちゃんのだよ。お姉ちゃんが、どこか外国……忘れちゃったけど、で買って、大事にしてたの。だから、今はこれをお姉ちゃんだと思ってる」

菫は、前のめりになって尋ねた。

「ねえ、誰にも見せてないのに。どうして知ってるの？」

真矢は頭を抱え込んだ。まだクラスメイトには話していないのだ。

「えっとね、笑わないで聞いてもらいたいんだけど。わたしね、ちょっと見えるの……」

菫がごくりと唾《つば》を飲んだ。女の子はオカルト話が好きだから、「見える」といえば、なにが見えるかはすぐに伝わる。

「それでね……ずっと田渕さんを白いくまが守ってて、不思議に思ってたの」

「え……」

「だから、お姉さんと関係あるのかなって……」

菫はぎゅっと白いくまを抱きしめた。

「お姉ちゃん……」

真矢は、額に浮かんだ汗をハンカチで拭った。

「ごめんね、変なこと言って。あんまりみんなには言わないでね」

「ううん、信じるよ。だって、このぬいぐるみの存在を言い当てたんだもの。もちろん家族は知ってるけど、友達には見せたことないもの」

　そう言ってくれることはありがたいが、笑い飛ばされた方がよかったような気もする。ひねくれているのだろうか。

　菫は、ぎゅっとそのくまを胸に抱いた。

「お姉ちゃん、わたしを守ってくれてるんだね」

　帰り道、淀屋橋まで出て、花音とはそこで別れた。

　地下鉄に乗るため、ホームに下りたときだった。いきなり腕をつかまれた。

「きみ、田渕さんの友達だったね」

　そこに立っていたのは、先週、菫と揉み合っていた男だった。

　一瞬、恐怖がわき上がってきたが、無理矢理気持ちを落ち着ける。ここは駅だ。大声を出すと駅員さんもやってくる。助けてくれる人もいるかもしれない。

「お願いだ。彼女と話がしたいんだ。彼女、ぼくのことを怖がってしまって、どうしても話を聞いてくれないんだ」

　おや、と思った。恫喝《どうかつ》と言うよりも、哀願だ。彼は悲痛な顔で、真矢に訴えていた。

「そんなことを言われても困ります。田渕さんが怖がるような理由があったんじゃないですか？」

男はぐっとことばを呑み込んだ。気持ちを落ち着けるように深呼吸をする。

「頼む。話だけでもいいから聞いてもらえないか」

関係ないと振り払うべきかもしれない。だが、なぜか心がざわついた。

「今ここで立ち話でいいなら聞きます」

彼は一瞬、驚いたような顔になった。聞いてもらえるとは思わなかったのだろうか。

「立ち話じゃなく、そこのベンチで座って話すのは？」

「それならいいです」

どこか別のところで話を聞くのは嫌だが、駅のホームなら、最悪、電車に飛び乗れば逃げられる。

「ありがとう……ぼくは、草壁《くさかべ》達夫《たつお》だ」

彼はあきらかにほっとした顔になった。切迫したような表情が和らぐと、あまり怖いとは感じなくなる。

真矢と彼は、ホームのベンチに腰を下ろした。

「楓は、ぼくが働いていたレストランによくひとりで食事をしにきていたんだ。ぼくは、最初、彼女がアイドルやってるなんて知らなくて、可愛いと思って声をかけたら、彼女もぼくのことが気になっていたって言ってくれて、そこから付き合うようになったんだ」

落ち着いた彼は、たしかに精悍《せいかん》な風貌《ふうぼう》をしていて、かっこいいと言えなくはない。

「うまく行っていた。彼女はもうアイドルはやめると言っていた。まだ事務所には報告していないが、一緒に住もうという話もしていたんだ。自殺なんかするはずはない。事務所に殺されたのかもしれない」

真偽のほどは、真矢にはわからない。

「でも、あなたのメールなんかは残ってなかったって言ってました」

彼は頷いた。

「彼女の事務所は男女交際は禁止で、証拠を残さないようにしていたんだ。だから、写真も撮っていない。やりとりは、共通の非公開Twitterアカウントを作って、ＩＤとパスワードを共有して、そこで連絡をしていた。今は公開しているから、これを見てほしい。アカウントを持っていなくても、見るだけなら見られるから」

彼はそう言って、真矢の手にメモを押しつけた。

「でも、アカウントが同じってことは、楓さんが書いたかどうかわからないですよね」

そう言うと、彼はがっくりとうなだれた。

「ああ、そうだ。でも内容を読んでもらえば、楓と親しい人にはわかるはずだ」

「わたしは楓さんを直接知りませんから、読んでもわかりません」

「だから、妹に渡してほしいんだ。彼女ならわかるはずだ。その前にきみが読んで、渡すか渡さないか決めてもいいから」

真矢はメモを手にしばらく悩んだ。菫が受け取るかどうかはわからないが、アカウントを見るだけなら危ないことはないだろう。

「Twitterだから、時刻などの編集はできない。彼女が死ぬ前で書き込みは終わっている。それだけでもいいから確認してくれ」

それを聞いた瞬間、皮膚が粟立《あわだ》った。

もしかして、この人は嘘を言っているわけではないのかもしれない。

思い切って尋ねてみた。

「あの、楓さんが大事にしていたぬいぐるみって、どんなのか知ってますか？」

もし、白いくまだという返事だったら、信じてもいい。

彼は戸惑ったような表情で答えた。

「いくつも持っていたから……黒いウサギとか、キツネのとか、あとイギリスで買ったという白いくまの小さなぬいぐるみだとか」

帰ってパソコンを立ち上げた。

そして、そのアカウントにアクセスする。

最後の書き込みを見る。

「もう寝る。おやすみ。Ｔ」

達夫のＴか。

その次の書き込みを見る。

「わかった。捨てる」

そして紅葉のマークの絵文字。わかった。これは楓だ。

書き込みの日付は、七月二十一日、深夜零時四十七分。

真矢は、もうひとつブラウザを立ち上げて、「田渕楓」で検索した。

彼女が自殺したのは、七月二十一日、午前一時頃。

まさに、死の寸前だ。

さかのぼって読んでみる。

達夫と楓は、引っ越しの相談をしていた。アカウントは同じだが、Ｔと絵文字のせいでどちらのことばかよくわかる。

「いつ頃、うちにこられる？」

「まだ事務所に言ってないし。でも達夫と一緒にいたい」

「もうやめるんだろう。ばれてもいいじゃないか」

「そうだよね……来月には行こうかな」

「うち、1LDKだから、あんまり荷物入らないぞ」

「そんなに服も持ってないよ」

「あと、ぬいぐるみなんかも持ってくんなよ。ガキっぽい」

「えー、駄目なの？」

「駄目」

「わかった。捨てる」

息を吞んだ。それが最後だった。

自殺を考えているような内容とは思えない。なのに、彼女はマンションのベランダから身を投げた。この十分後に。

わかった。捨てる。

ぬいぐるみを。


全身が総毛立った。

月曜日の朝、真矢は憂鬱《ゆううつ》な気分で、ぎゅうぎゅうの満員電車に乗り込んだ。

菫にいったい何と言えばいいのだろう。このアカウントを渡しても大丈夫なのだろうか。

彼女の肩には、常にあの白いぬいぐるみがのっているのに。

だが、黙っているわけにもいかない。

淀屋橋駅に着くと花音も地下鉄に乗ってきた。花音には昨日、電話で相談していた。

花音は、真矢を見るとなぜか泣きそうな顔になった。

「一応、ルルドの聖水持ってきた。菫ちゃんにかけたら、なんとかならないかな」

同じヨーロッパだから、日本のお祓《はら》いとかよりは効果があるかもしれない。

心斎橋に到着し、吐き出されるようにホームに降りる。

学校に向かって、歩き出そうとしたとき、ホーム後方で、怒号のような声が聞こえた。

「どうしてわかってくれないんだ！」

はっとした。草壁の声だ。

振り返ると、草壁が菫の腕をつかんで、声を上げていた。

「俺と楓は愛し合っていた。変質者を見るような目で俺を見るな！」

「やめてください！　誰か助けて」

菫の恐怖が、草壁を激昂させている。

真矢は、花音の腕をつかんだ。

「行こう！」

花音も頷いた。ふたりに走り寄ろうとしたときだった。

白いぬいぐるみが一瞬、ぶわっと膨らんだ。

草壁の表情がうつろになる。彼は、菫から手を離した。そのままふらふらとホームの端に向かって歩き出した。

意思などないように彼は、まっすぐに歩いて行き、そして線路に落ちた。

そこに、地下鉄がやってきた。


悲鳴が上がり、地下鉄が止まった。

スマホを持って、群がる人たちの中から、真矢と花音は呆然《ぼうぜん》としている菫を連れて、抜け出した。

「なんで……なんであの人いきなり……」

菫はうわごとのように繰り返した。

「大丈夫。菫ちゃんは悪くないよ。あいつが勝手に飛び降りたんだから」

花音がそう話しかける。そう、目撃者もたくさんいる。菫が責められるようなことはないはずだ。

菫は、かすれた声で言った。

「でも……よかった……」

「え？」

「怖かったの……あの人が怖かったの……。でももういない」


菫の肩にのったぬいぐるみが笑った気がした。

大丈夫、きみを守ってあげるよ。


捨てさえしなければ。

その日、菫は保健室で、午前中を過ごした。

昼休みになってようやく、教室に戻ってきた。

真矢は、まだ青ざめた顔をしている菫の席に向かい、ちょうど空いていた前の椅子に座った。

「真矢ちゃん、今日もありがとう」

「わたし、なんにもしてないから。でも、大丈夫？」

「うん、びっくりしたけど……大丈夫」

真矢は菫の目をまっすぐ見た。

「あのね。菫ちゃんの持ってる白いくまだけど、あれ、絶対捨てちゃ駄目だからね。もし手放すときには、ちゃんと供養してくれるお寺かなにか探して」

菫はきょとんとした顔になった。

「捨てないよ。絶対捨てない。だって、あれ、お姉ちゃんの大事にしていた子だもの。捨てるはずない」

真矢はぎこちなく笑った。

安堵していいのか、そうでないのかわからなかった。

ひとりだから見えない。

だが、菫の肩のぬいぐるみが、また笑った気がした。

第4話　屋上の天使

光の失《う》せた屋上で、わたしはその子と出会った。

都会の星は、わずかに芥子《けし》粒《つぶ》ほどの輝きを残して死にかけているし、新月は当てにならない。地上のネオンや遠い灯《あか》りだけが、屋上を漆黒の闇から救っていた。

彼女は、わたしと同じ制服を着ていた。

プリーツスカートはシフォンのように軽やかに、彼女の足にまとわりついていた。

髪は細くてしなやかな絹糸みたいだった。

彼女はわたしに気づいて微笑んだ。

「こんなところでなにをしてるの？」

死ににきた、とは言えなかった。

彼女は少しだけ笑うと、フェンスに飛びついた。そのままよじ登ろうとするから、

わたしはあわてて言った。

「危ないよ！」

彼女はわたしの方を見ると、ひどく不思議そうな顔になった。

「どうして、そんなことを気にするの？」

そう聞かれてはじめて、そのおかしさに気づいた。

わたしはもうすぐ死ぬのに、どうしてそんなことが気になるのだろう。

知らない女の子が屋上から真っ逆さまに闇の中に落ちていったって、わたしの知ったことではないのに。

彼女はフェンスのてっぺんに立とうとした。わたしは悲鳴のような声を上げた。

「やめて。お願いだから、やめて！」

耐えられない。たとえ、わたしが死んだ瞬間、この世界のすべてがリセットされて無に戻るのだとしても、今、彼女が闇の中に落ちていくことだけは押しとどめたいのだ。

彼女は、振り返って微笑んだ。

そして、フェンスから空に飛んだ。

*

長年、秋月真矢は女子校について、勝手なイメージを抱いていた。

きっと共学より上品で、手芸や紅茶の話ばかりしているとか、陰湿ないじめがあるとか、運動部のボーイッシュな先輩にはラブレターが殺到するとか、演劇部では女子が男装して男役を演じて、それがかっこよくて大人気になるとか。

あまりにもよくあるイメージで、偏見だと言われても仕方がないが、当時は自分が女子校に行くなんて考えてもいなかった。

共学の公立の中学を出て、公立の高校を出て、大学に行くのだとばかり考えていた。凰西にくることになったのは、いくつかの偶然が積み重なった結果だが、思ったより真矢に合っている気がする。

力仕事でもなんでも自分たちでやらないといけないし、男子がいないとかえって自分が女子であるという意識も薄くなる。

「憧《あこが》れの先輩」は必然的に女子になるが、特にスポーツのできるボーイッシュな先輩が人気というわけではなく、美人だとか、バレエがうまいとか、生徒会長でリーダーシップがあるとか、みんながそれぞれの憧れの先輩への思いを胸に抱いているという感じだ。

「堀江《ほりえ》先輩」という人の名前は、ときどきクラスメイトの口から聞いていた。

内部進学のクラスメイトの話題は、わからないことが多かったから特に気にもとめなかった。ただ、人気がある先輩なんだなと思っただけだ。

それは二学期がはじまって、間もない日のことだった。

昼休み、相原花音と一緒にお弁当を食べていると、同じクラスの宋《そう》麗香《れいか》が花音に話しかけてきた。

「ねえ、相原さん、堀江先輩の新作読んだ？」

「えー、まだ。新作アップされたの？　帰ったら読む読む」

「早く読んで。感想言いたい！」

花音は、真矢と同じく、外部中学から凰西に進学した。その花音でも知っているくらい、堀江先輩というのは、有名人なのだろうか。

「堀江先輩？」

真矢が不思議そうに尋ねると、麗香と花音は顔を見合わせた。

「秋月さん知らなかったっけ？　堀江加奈《かな》先輩」

「知らない。凰西の先輩？」

「そう、ウェブで漫画描いている三年生の先輩。すごく素敵なの。ファンがいっぱいいて、人気ランキングの上位になったりしているんだよ」

麗香の説明で、ようやく納得できた。

「でも、花音がその先輩のこと好きだなんて知らなかった」

花音と真矢は仲がよく、いつも一緒に行動している。夏休みだって、週に一度は花音の家に遊びに行ったり、一緒に出かけたりしていた。花音の口から、その先輩の話は聞いたことがない。

「わたしも先週教えてもらったのー」

花音はのんびりした口調でそう答えた。

「雪美《ゆきみ》ちゃんが同人誌持ってて見せてもらったら、すごくきれいで、切なくて、一気にファンになっちゃった」

田上《たがみ》雪美はクラスメイトだ。花音よりも小柄で顔の半分くらいある黒ぶち眼鏡をかけている。彼女もたしか、趣味でイラストや漫画を描いていると聞いた。

「わたしも読んでみたいなあ」

「ウェブで無料公開しているから会員登録したら読めるよ。同人誌は、雪美ちゃんしか持ってないから雪美ちゃんが見せてくれるといいんだけど……」

花音がそう言うと、麗香は親指をぐっと立てた。

「雪美ちゃん、堀江先輩の信者だもん。自分が読む用と布教用と保存用、三冊買うって言っていたよ」

それはかなりのものだ。だが、身近に才能がある人がいることにわくわくする気持ちはわかる。もし、その人がプロの漫画家やイラストレーターになったら、「この人、わたしの学校の先輩なんだよ」と自慢することだってできる。ミーハーな発想だが。

雪美の姿は今見えないから、花音に後で携帯電話にアドレスを送ってもらうことにする。

「三年生だと、受験とか大変だよね。その先輩って普通科？」

真矢のことばに麗香が頷《うなず》いた。

「外部の大学か短大を受験しないといけないから、三年になったらウェブの更新はお休みするって言ってたんだよね。でも、やっぱり描きたくなって更新したって書いてあった」

「ふうん……」

凰西学園には大学もあるのだが、音楽大学だから、普通科の生徒は進学できない。もっとも音楽科の生徒たちでもすんなりエスカレーター式に上がれるというわけではないらしく、三年になるとみんなレッスンや受験勉強で大変だと聞く。

胸がざわざわする。

真矢はまだ、自分がなにをしたいか、どんな大人になりたいかわからない。自分にどんな才能があるのかも、まだ見つけていないし、もしかすると才能なんてなにもないのかもしれない。

凰西に通っている子たちは、同じ世代なのにバレエや音楽など、一直線に夢を追いかけている。自分たちは普通科だから関係ないと考えようとしていたが、普通科の生徒でも、自分の才能を発揮して、賞賛されている人がいる。そう思うと焦りのようなものを感じる。

別に世界に羽ばたくような華々しい才能が欲しいと思っているわけではない。ただ、働いて生活していくだけでも、人から求められるような能力は必要だ。真矢にはまだ誇れるものがなにもない。

勉強だって運動神経だって悪くはないけど平凡だ。テレビや本で出会う才能のある人たちは、十代の頃から目標を定めていることが多い気がする。

このままなにも見つけられずに、タイムリミットがきてしまうのではないだろうか。楽しそうに笑う他の子たちも、同じような不安を抱えているのだろうか。

家に帰ると、パソコンで教えてもらったサイトにアクセスする。

メールアドレスを登録するだけで、いろんな人が描いたイラストや漫画が見られるらしい。新着のページには、プロだと言われても納得してしまうような美しいイラストもあれば、お世辞にも上手とはいえないようなものも並んでいる。

堀江先輩のアカウント名を打ち込むと、彼女のページに辿《たど》り着いた。彼女は加奈木《かなき》聖《せい》というペンネームを使っている。

こくん、と息を呑《の》んでしまった。

黒が画面のほとんどを占めたモノクロームの世界、繊細な線で描かれているのは目を伏せた少年や少女たちだ。

暗くて寂しげなイラストなのに、あまりに美しくて目が離せない。

もし、書店でこの表紙の漫画を見かけたとしたら、手に取るかどうかはわからない。きっとこの絵柄で描かれる物語は、陰鬱《いんうつ》な話だろうから、目をそらして避けてしまうだろう。

だが、それでも目をそらしたことをいつまでも忘れられない。そんなイラストだった。

加奈木聖には多くのフォロワーがついていた。それぞれのイラストに何千点という点数がついているのは、それだけ多くの人が投票しているのだろう。

イラストだけではなく、漫画もいくつかアップロードされている。最新の更新は漫画のようだった。

最初はどうやって読むのかわからずに手間取ったが、あちこちクリックしているうちに慣れてきた。

タイトルは、「屋上の天使」。制服を着たポニーテールの少女が、ビルの屋上、フェンスの上に立って夜空を眺めている。

　その危うさに目が吸い寄せられて、その後に気づいた。この少女が着ている制服は、凰西の夏服だ。

白いブラウスとプリーツスカートというありふれた制服だから、見ただけで凰西のものだと気づく人はそれほど多くはないだろう。

だが、スカートのプリーツの数、風に膨らむ布の質感や、袖口《そでぐち》の折り返しが、凰西の制服そのままなのだ。毎日着ているからよくわかる。加奈木聖の画力は、布の素材や揺れたときの重さまで、そのまま描き出していた。

　ページ数はそう多くない。

眼鏡をかけたショートカットの女の子が、暗い階段を上っていく。ドアノブを握り、ドアを開けると、そこには真っ暗な夜の空が広がっていた。彼女の目線で、いくつかのコマは描かれているから彼女が主人公なのだろう。

——光の失せた屋上で、わたしはその子と出会った。

　モノローグのような文章。

　ポニーテールの少女の横顔が描かれている。つんと尖《とが》った鼻梁《びりょう》と、細い顎《あご》のライン、長いまつげ。繊細なのに、甘ったるさはない。読んでいて、冷たい水に手を入れているような気持ちになる。

——知らない子だ。同じ制服を着ているのに、わたしは彼女に一度も会ったことがなかった。

　ポニーテールの少女は笑って、主人公の方を見た。

「こんなところでなにをしてるの？」

　――死ににきた、とは言えなかった。

　その次のコマで、主人公らしき少女が、暴力を受けている場面が描かれている。直接的な表現ではない。つかまれた腕、たくし上げられたブラウス、彼女が虚空を眺める目。そんな断片なのに、彼女の悲しみと恐怖が胸に伝わってくる。

　答えない主人公をそのままに、ポニーテールの少女は踊り始める。つま先立ちになり、くるくると回り、スカートの裾《すそ》をつかんでお辞儀をする。

　ポニーテールが、彼女の踊るままに揺れて、美しい弧を描く。

　戸惑ったまま、ぼんやりと見つめている主人公に、彼女は微笑みかけた。

　そして、駆け上がるようにフェンスによじ登る。

「やめて！」

　主人公がそう叫ぶと、少女は驚いたように主人公を見た。

「危ないよ！」

　少女はゆっくりとまばたきをした。そしてひどく不思議そうな顔になった。

「どうして、そんなことを気にするの？」

主人公は気づく。自分がここに死ににきたことを。

——わたしが死ねば、この世界はすべてわたしの前から消えてしまう。電源を消す前のテレビと同じ、保存していないデータと同じ、燃える前の本と同じ。

——だから、その少女がどんな危ないことをしようと、わたしには関係がない。

それでも彼女は、目の前のその光景を受け入れられない。

危なっかしくフェンスの上に立つ少女に、主人公は懇願する。

「お願いだから、やめて！」

少女はシニカルに笑うと、そのままフェンスから飛んだ。

彼女の身体は暗い闇の中、真っ逆さまに落ちていく。主人公は目を覆ってしゃがみ込んだ。

屋上に風が吹く。真っ暗な星のない空。

主人公は階段を駆け下りて地上に向かうが、地面には誰かが落ちたような痕跡《こんせき》などない。

白い羽根がふわりと空から落ちてくる。主人公は両手でそれを受け止める。

彼女はもう屋上には戻らない。自分の現実と向き合い、歩み始める。白いソックスと黒いローファーが歩いて、人混みの中へ消えていく。

——わたしは天使に会ったのだと思った。

最後のページを読み終えて、真矢はためいきをついた。

この漫画がプロとして通用するのかどうかは真矢にはわからない。短編にしても短すぎるし、抽象的だ。お金を出してまで買いたい人はそんなに多くはないかもしれない。

だが、アマチュアの高校生が描いてウェブに公開した漫画だと考えれば、充分ハイレベルだと思う。

黒の使い方が大胆で、それが夜の空気を表現していたし、説明がなくても主人公の心情や気持ちの動きがよくわかる。

屋上にきてしまった主人公の孤独にも、また歩き出す姿にも心を揺さぶられた。そんな経験などないのに、自分のことのように思える。

画面から目をそらして、深呼吸する。

まだ漫画はたくさんあるようだが、一度に読むのはもったいない。今日はこの余韻を嚙《か》みしめていよう。

そう思って、ブラウザを終了させる。気づかなかったが、いつの間にか携帯電話にメールが届いている。花音からだった。

「雪美ちゃん、同人誌、明日学校で見せてくれるって」

まだ見せてほしいとも言っていないのに、ずいぶん根回しが早い。どうやら、花音もすっかり信者になっているようだ。

なにげなく窓の外に目をやると、加奈木聖の描いたのと同じ暗闇が広がっていた。

真矢は身震いした。彼女の世界と現実が入れ替わってしまった気がした。


翌朝、学校に行くと、雪美と花音が話をしていた。

小柄なふたりが並んでいるところを見ると、小動物みたいでなんか可愛い。背が高いとうらやましがられることは多いが、こういう可愛さとは縁遠くなる。

「あっ、きたきた」

花音が目を輝かせたところを見ると、真矢の話をしていたのだろう。

「ネットで、堀江先輩の漫画読んだよ。よかったけど、なんか寂しい話だね」

「最新の更新のを読んだの？　せっかくプリントアウトしてきたのに」

雪美は四、五冊の同人誌と、それから漫画をプリントアウトした紙を真矢の机に置いた。

「スマホで見たなら、小さい画面では迫力がわからないし、紙で読み直してほしいんやけど」

「パソコンで見たから大丈夫」

クラスではパソコンを持っている子はそんなに多くないが、真矢はパソコン好きの父親からお古をもらって、小学生のときからパソコンを弄《いじ》っている。最近父が買い換えたおかげで、わずか二年前のモデルが真矢のものになって、ほくほくしているところだ。

ネットで動画を見るのも問題ないし、画面も前のパソコンよりもずっときれいだ。

だが、プリントアウトした加奈木聖のイラストは、ディスプレイで見るよりも黒と白とのコントラストがはっきり出ていて、インパクトがある。

家でプリントアウトしてみてもいいかもしれない。

「同人誌読む？　ネットには短い話しか載ってないけど、長編もあるよ」

「読みたいー。貸してくれる？」

「いいけど、折り皺《じわ》つけたり、ポテチ食べながら読んだりしないでね」

もちろん、そんなことをするつもりはない。

ちょうど始業のチャイムが鳴った。同人誌だけ借りることにして、プリントアウトは雪美に返す。

副担任の各務《かがみ》先生が教室に入ってきた。

「はい、今日は松永先生はお休みですから、わたしが出席を取ります」

大学を卒業して、まだ三年だと聞いた。若くて、美人だし、いつもおしゃれな服装に身を包んでいる歴史の先生だが、少し神経質なところがあるので、クラスメイトからはあまり好かれていない。凰西の卒業生だと聞いたことがある。

自分は明るい色に染めて、きれいにカールした髪型にしているのに、生徒たちが髪を染めたりパーマをかけたりしていないかということに、常に目を光らせている。しかも最新のコスメなどにもくわしい分、手強《てごわ》いのだ。

ピアスホールをファンデーションで埋める技も見破られるし、流行《はや》っていたサインペンのような見た目の口紅を見つけたのも、各務先生だ。男性教師は全員気づかなかったのに、めざとくペンケースの中に入っているのを見つけて、クラスの三分の一ほどの生徒から没収した。

自分だってまだ高校を卒業してから十年も経っていないのに、少しは生徒たちの気持ちをわかってくれてもいいじゃないか。そんな思いからか、あからさまに各務先生に敵意を向ける生徒も多い。

なんとなく、今日の先生はいつもより機嫌が悪い気がして、真矢は目を合わさないように下を向いた。ただ、出欠を取っているだけなのに、ぴりぴりとした空気が伝わってくる。

出席簿を手に教室を歩いていた各務先生が、ふいに足を止めた。

「田上さん、今隠したものを出しなさい」

　はっと教室中に緊迫した空気が走る。

「えっと……」

　雪美は眼鏡の奥の黒い瞳《ひとみ》を泳がせた。

「なにを隠したの？」

「これは……インターネットからプリントアウトしたもので……」

「いいから出しなさい」

　雪美はおずおずと、クリアファイルから紙を何枚か出して各務先生に渡した。見た瞬間、先生の表情が青ざめた。

「これはなんなの！」

「だから、ネットで見つけた漫画をプリントアウトしたものです」

　真矢は近くに座っていた麗香と顔を見合わせた。たぶん堀江先輩――加奈木聖の漫画のことだ。

「授業に関係のないものは持ってきてはいけないという規則でしょう。これは没収します！」

　クラスのあちこちから抗議の声が上がった。

　たしかに、授業に関係のないものは学校に持ってきてはいけない。だが、これまで没収されたのは、化粧品とかアクセサリーとか香水で、本や漫画は不問に付されていた。

　さすがにアダルト向けのものなどは没収されるという噂だが、彼女が持っていたのはそんな内容のものではない。

　各務先生は、教室にぐるりと視線を投げかけた。

「じゃあ、これから持ち物検査をします。一時限目は日本史だからちょうどいいわ」

　さすがにこれはやりすぎではないだろうか。担任の松永先生は抜き打ちの持ち物検査などやったことがない。

　生徒たちは、怒りを込めた目で各務先生を睨《にら》み付けている。きっかけを作ってしまった雪美は下を向いて、今にもべそをかきそうだ。

「さあ、鞄《かばん》と机の中のものを全部机の上に出して」

　各務先生は勝ち誇ったような声でそう言った。

　冷や汗が流れる。借りた同人誌を没収されるようなことになっては困る。没収されたものは反省文を書けば返してもらえるが、雪美から借りたものだから、できれば取り上げられたくない。

　各務先生は最前列から、生徒たちの持ち物を調べていった。だが、本気で調べているというよりも、ただ生徒の鞄を掻《か》き回しているように見える。

　その証拠に、真矢の番がきても、おざなりに鞄をちらりと見て、ポーチを開けたくらいで同人誌が鞄の中にあることさえ気づかなかった。

先生の首にびっしり汗が浮いていることに気づいて、真矢ははっとした。

彼女がなにかに怯《おび》えているように見えた。


雪美は可哀想なほどしょげかえっていた。

「英語のプリントと同じクリアファイルに入れてたんだよね。授業の準備のために、プリントだけ出そうとしたら、ちょうど先生に見つかって……」

「でも、プリントアウトしたものなら、別に取られたって大丈夫だよね。同人誌が取られなくてよかったよ」

麗香のことばに、真矢は頷いた。借りたものを没収されるようなことにならなくて、本当によかった。

「でも、なんか八つ当たりみたいだったよね。普段なら、漫画をプリントアウトした紙なんか、別に咎《とが》められないのに……」

凰西学園のクラブ活動には、漫画や小説をかいて、自分たちの本を作る「創作クラブ」があり、雪美もそこに所属している。クラブ活動でやっていることを咎められるなんておかしい。

　花音がぽつりと言った。

「先生、なんかごまかそうとしているようだった」

「えっ？」

「なにかを隠すために、無理に怒っているように見えた……」

　たしかにあの怒り方はあまりに唐突で、そして妙だった。

「彼氏と喧嘩《けんか》でもしたんじゃない？」

　麗香が肩をすくめて言う。そんなことで八つ当たりされても困る。

　雪美が小さくためいきをついた。

「堀江先輩に迷惑がかかってしまったらどうしよう」

「大丈夫だよ。堀江先輩が描いたなんて、どこにも書いてないし」

　それに、描いた生徒が誰かわかっても、それで罰せられたり、怒られたりするようなことがあるとは思えない。いくら各務先生が横暴でも、そんな権限はないはずだ。

　雪美が決心したように言った。

「わたし、堀江先輩に謝ってくる」

「えっ！」

　そこまでしなくても大丈夫だと思うが、雪美の気持ちがそれで楽になるのならいいかもしれない。

「堀江先輩って、創作クラブなの？」

花音が尋ねると、雪美は頷いた。

「うん、でも三年だからもう部活には出てない」

たしか外部を受験する生徒は二年の終わりまで、推薦入学の生徒も三年の一学期までで部活は引退すると聞いている。

「わたしも一緒に謝りに行こうかな。わたしが頼んだから、雪美ちゃんが同人誌とか持ってきてくれたんだし」

花音までそんなことを言いだした。

「えっ、それじゃわたしも……」

真矢もそう言うしかない。花音は真矢のために雪美に頼んでくれたのだ。

それに少し興味がある。あんな漫画を描くのは、いったいどんな人なのだろう。

「じゃあ、昼休み一緒にきてくれる？」

雪美は力なく微笑んだ。

「大丈夫、きっと怒ったりしないと思うよ」

堀江先輩を知らないのに無責任だと思うが、自然にそう言っていた。

あんな繊細な漫画を描く人が、横暴だったり冷酷だったりするはずはない。

昼休み、真矢たちと雪美は三年生の教室に向かった。たった二歳の違いなのに、廊下を歩いている三年生はひどく大人っぽくてまぶしい。

きょろきょろしていると、雪美と花音はいつの間にか先に行ってしまっていた。あわてて追いかける。

雪美は慣れているのか、怖《お》じ気づくことなく教室の扉をガラガラ開けて中に入った。

「失礼しまーす」

真矢と花音も、小さな声で「失礼します」と声をかけて、教室の中に入る。

雪美は教壇の近くで、お弁当を食べているグループに近づいていく。

「あ、雪美ちゃん」

振り返ったのは、少しふっくらしたショートカットの女性だった。

「わーん、堀江先輩ー」

雪美は泣き真似をして、彼女に抱きついた。

「こらこら、どうしたん？」

クールな絵のイメージとはまったく違うが、優しそうで雪美のように懐きたくなる気持ちがよくわかる。

「堀江先輩の『屋上の天使』、友達に見せようと思って、プリントアウトして持ってたら、カガミッちに没収されちゃった……」

　堀江先輩はきょとんとした顔になる。

「えっ、なんで？」

「授業に関係ないものを持ってきちゃいけませんって……」

　堀江先輩が真矢たちの方を見たので、あわてて説明する。

「わたしたちが頼んだんです。堀江先輩の同人誌貸してほしいって。そしたら、雪美ちゃんがネットの作品もプリントアウトしてきてくれて……そのせいで本当にごめんなさい」

　花音がぺこりと頭を下げた。

「えーっ、別に謝られるようなことじゃないよ。プリントアウトしたものが没収されたって、なにか損するわけじゃないし……」

「でも、もしかしたら先輩に迷惑かけちゃうかも……」

「大丈夫、大丈夫。だって、漫画読んじゃいけないとか、プリントアウトしたものを持ってちゃいけないなんて校則、聞いたことないよ。各務先生、ちょっとおかしいんじゃないの？」

　さすが最高学年だけにはっきりと口にする。一緒にお弁当を食べていた三年生も同意を口にする。

「あれ、もうヒステリーだよねってみんな言ってるよ。やりすぎ」

「えーん」

雪美は漫画のような泣き真似をした。だが小柄で可愛いから、あまり違和感がない。真矢がやるとコントになってしまうだろう。

堀江先輩は雪美の頭をいい子いい子するように撫《な》でた。

「大丈夫だから、気にしなくていいよ」

真矢もほっとする。イメージとは少し違ったけど、優しい人でよかった。

堀江先輩と目が合ったので、思い切って言ってみた。

「『屋上の天使』すごくよかったです。忘れられない作品になりました」

花音も続けて言う。

「わたしも大好きです」

「よかった。ありがとう。受験だからしばらく休もうと思ってたんだけど、なんか急に描きたくなって勢いで描いちゃったんだよね。気に入ってくれる人がいたらうれしい」

才能があるのに、全然気取ってなくて感じのいい人だった。雪美や麗香が好きになってしまうのもわかる。

花音が、両手を握り合わせて言った。

「あの……ああいう話、どこで思いつくんですか？」

堀江先輩は、ちょっと困ったような顔になった。

「いつもは違うんだけど、『屋上の天使』はね、夢に出てきたの」

「夢？」

ふいに、花音の肩が真矢に触れた。

近づきすぎた。危険だ。身体を引こうとしたとき、見えた。

彼女の後ろに、長いポニーテールが揺れていた。

びくん、と後ずさってしまった。堀江先輩は驚いたような顔になった。

「どうしたん？」

「い、いいえ、なんでもないです」

花音の顔も強ばっている。

先輩に謝ってすっきりしたのか、雪美は笑顔で言った。

「じゃ、真矢も花音も教室帰ろ。わたしたちもお弁当食べないと」

「そ、そうだね……」

真矢たちはもう一度揃ってお辞儀をすると、教室を急いで出た。

花音に目で合図する。花音はこくりと頷いた。間違いない。彼女もなにかを見ている。

真矢は深々とためいきをついた。

わけのわからないものなど見たくないのに、この能力はいったいなんのためにあるのだろう。

その日の放課後、ホームルームが終わると、各務先生が言った。

「田上さん、あとで職員室にきなさい」

教室がざわつく。真矢と花音も顔を見合わせた。雪美はきゅっと唇を噛みしめた。

先生が出て行き、それを追って雪美も教室を出て行く。真矢は花音の方を見た。

「どうしよう……雪美ちゃん怒られるのかな」

各務先生が、なぜそんなに怒っているのかわからない。

「職員室の前まで行ってみようか」

そう提案すると花音も頷いた。

「うん、もしあんまり怒られているようなら、わたしが頼んだって言ってみる」

それに職員室なら優しい先生もいる。間に入ってもらうこともできるかもしれない。

真矢と花音は、鞄を持って東館一階の職員室へと向かった。職員室の前まできて気づく。各務先生と雪美は、職員室の中ではなく、奥のトイレの前で話をしている。

これでは、優しい先生に助けを求めることはできない。

雪美が声を上げるのが聞こえた。

「知りません。もうどこで見たのかも忘れました」

「そんなはずはないでしょう。プリントアウトするほど気に入ったんだから、どこで見たのか、作者の名前くらいは覚えているでしょう」

あの漫画を誰が描いたのか、問い詰められているようだ。

だが、どうして各務先生がそんなことを気にするのだろう。

怒られるような内容のものとは思えなかったし、どこで手に入れたものか調べてどうするのだろう。

「急いでいるので、もう失礼します」

雪美ははっきりそう言うと、先生に背を向けて早足で歩き出した。真矢たちにも気づかず、通り過ぎる。

「待ちなさい！」

各務先生は声を荒らげた。後を追うためか、こちらに歩いてくる。まずい、と思ったが、一瞬遅かった。

「あなたたち……なにをしているの？」

見つかってしまった。真矢は愛想笑いを浮かべた。

「田上さんと一緒に帰ろうと思ったんです……」

各務先生は腕組みをして、真矢たちをじろじろと見た。緊張したのか、花音が真矢の手をぎゅっと握った。

世界がゆらりと傾いだ。

あ、いけない、と思ったが、もう遅い。

各務先生の後ろに、女の子がいた。ほっそりした身体とポニーテール。プリーツスカートがひらりと揺れた。

ひっ、と花音が息を呑むのがわかった。

彼女が各務先生の肩に手を伸ばす。真矢は花音の手を振りほどいた。

女の子は跡形もなく消えた。

「どうしたの？」

真矢たちの表情が変わったせいか、各務先生が不審そうな顔になる。

「いえ、なんでもないです」

そうごまかそうとしたのに、花音がうわごとのようにつぶやいた。

「葡萄《ぶどう》の指輪が……」

そのとたん、各務先生の顔色が変わった。

花音の腕をきつくつかむ。

「あなた、なにを知っているの！」

「わからない……見えたんです。葡萄の指輪が……」

わけのわからないことを言うなと怒られるかと思った。なのに、各務先生は泣きそうな顔になった。


中庭では、園芸部の生徒たちがなにかを植えようとしていた。

各務先生と一緒に、真矢たちは中庭のベンチに座る。

各務先生は、明るい色の髪を両手で掻き回した。

「聞き流してくれていいんだけどね」

ためいきをつくように言う。

「あの漫画に出てくる女の子、わたしの親友に似ていたの」

「あの、ポニーテールの……」

「そう。そっくりだった。だから驚いてしまって……」

たったそれだけのことで、雪美を叱りつけたのか。

「高二の二学期がはじまる前に急に転校して、それから会ってない。親友だったのに、別れも告げずに行ってしまって、それきりわたしがメールをしても返信もない。今どうしているのかわからない」

それでも、彼女はその子を親友と呼ぶ。

自分に同じことが起こったら、と思うと、胸がぎゅっと痛んだ。花音がいきなり転校してしまって、そしてメールの返信もないとしたら。それほど嫌われてしまったのか、自分がひどいことをしてしまったのか、そう思って気が狂いそうになるだろう。

「それだけじゃない。あの漫画の会話は、わたしと美鶴《みつる》が最後に会ったときの会話、そのままだった……だから、あの漫画を描いた人は美鶴から話を聞いたんじゃないかって思った」

堀江先輩は「夢に出てきた」と言った。嘘だったようには思えない。

「夏休みの終わり、八月の三十一日に、美鶴がいきなりわたしの家にきたの。マンションの屋上に一緒に出たら、美鶴はフェンスをよじ登ろうとした」

危ないよ。そう各務先生が言うと、ひどく不思議そうな顔になった。

「どうして、そんなことを気にするの？」と。

「わたし、美鶴がなんでそんなことを言うのかわからなくて、悲しかった。親友が危ないことをしようとしたら、誰だって心配するでしょ。なのに、自分のことなど放っておいてってことと同じじゃない」

「美鶴さん、屋上から飛び降りたとか……」

花音がそう尋ねると、各務先生は目を見開いた。まさかそんなはずはない、と真矢でさえ思う。先ほど、先生は、美鶴は転校したと言ったじゃないか。

「飛び降りてない。でも、あのとき、どんなふうに美鶴と別れたのか、どうしても思い出せないの。もしかしたら、みんなが言うように、夢だったのかもと思うこともある」

「みんなが言うように？」

各務先生はためいきをついた。

「八月三十一日に美鶴と会ったと言ったら、先生も、美鶴のお父さんもみんな笑ったの。そんなはずはない。十日以上前に、美鶴はシンガポールに引っ越したって」

シンガポールというのも意外だが、それ以上に引っかかることがあった。

「お父さんは引っ越さなかったんですか？」

「お父さんは仕事があるから、美鶴は先に行ったそうよ。そのあと一ヶ月くらいしてお父さんも引っ越したわ」

「じゃあ、お母さんと美鶴さんが先に？」

そう言うと、各務先生は首を横に振った。

「美鶴は父子家庭だったから、お母さんはいないの」

なにかしっくりこない。仕事があるからといって、娘をたったひとりで海外に行かせるだろうか。

「単なる偶然よね。あの漫画の少女が美鶴にそっくりなことも、会話と場面が同じことも……」

まるで自分に言い聞かせるように各務先生はそう言った。

花音はなにも言わない。花音が先ほど口走った、「葡萄の指輪」とはいったい何なのだろうか。各務先生もなにか知っているようだった。

ただ、わかったことがある。

各務先生は傷ついている。親友がいきなり連絡を絶ち、遠くへ行ってしまったことや、自分の話を誰も信用してくれなかったことが、彼女を頑《かたく》なにさせている。

先生は立ち上がると、職員室へ戻っていった。

その背中は、まだ十代の女の子のように見えた。

寺沢《てらさわ》美鶴については、河上悠里が知っていた。

正しくは、河上悠里の姉がよく知っていたと言うべきか。悠里は女ばかり四人姉妹の末っ子だという。

「うちのいちばん上のお姉ちゃんも、凰西に行ってて、各務先生と同じクラスだったって言ってた」

前に悠里がそう言っていたことを思い出して、美鶴のことを聞いてもらったのだ。

「うん、寺沢美鶴って子がいて高二の夏休みに引っ越したんだって。クラスの誰にもなにも言わずに引っ越していったらしいよ。カガミッちといちばん仲がよかったってお姉ちゃんも覚えてた」

「そうなんだ……」

悠里は首を傾げた。

「あっ、でもお姉ちゃん、こないだ寺沢美鶴さんが当時住んでいた家の前を通ったら、まだ空き家でびっくりしたって言ってた。阿倍野《あべの》で交通の便がいいところだから、貸すか売るかすればいいのにって」

ふいに花音が身を乗り出した。

「そこの場所ってわかる？」

「お姉ちゃんに聞いたらわかると思うよ」

真矢は驚いて花音を見た。怖がりの花音は心霊現象のようなことには、あまり積極的に関わりたがらなかった。

各務先生の後ろにいた少女が寺沢美鶴ならば、彼女には心残りがある。だからなにかを訴えようとしているのだ。

彼女はもうこの世にいないかもしれない。怖い。

だが、花音の気持ちもわかる。

だって、各務先生が可哀想だ。親友にそんなやり方で去られれば、心に傷を残すし、女の子たち全員を信じられなくなるかもしれない。

絶対になにかがあったのだ。

美鶴だって、親友を悲しませたまま行きたくなかったのかもしれない。

ホームルームが終わると同時に、悠里からLINEが送られてくる。

そこには美鶴が住んでいた家の住所とマップのスクリーンショットが添付されていた。

悠里にありがとうのスタンプを送ると、彼女は自分の席から真矢に向かって親指を立てた。花音にも同じLINEが送られてきているようだ。

鞄を持って立ち上がると、花音が近づいてきた。

「行ってみる」

真矢の意見を尋ねるのではなく、自分がこれからやることを真矢に報告しているのだ。

花音は変わりはじめている。自分が見えるものを恐れるのではなく、その能力に向き合いはじめている。真矢だってそれを受け入れなくてはならないのかもしれない。

だから言った。

「わたしも行く」


阿倍野駅から、歩いて七分くらいの場所にその家はあった。

周囲にはきれいなタワーマンションなどもできているが、まだ古い家も多い。

蔦《つた》が絡まり、鬱蒼《うつそう》と木が生い茂っている。

そこにだけ陰鬱な気配がわだかまっている気がする。

「ここ……だよね」

庭は猫の額ほどでゴミが放置されている。これまでの真矢と花音だったら、目を伏せて前を走りすぎていたほど、ただならぬ気配が感じられる。

やはり自分たちだけできたのは無謀だったかもしれない。

「花音のお母さんに相談した方がよかったんじゃないかなあ……」

先ほど、強い決心を見せた花音も、家を見た瞬間に怖じ気づいてしまったようだ。

「きょ、今日はとりあえず帰ろうか」

ふたりの気持ちが同じであることを確かめて、立ち去ろうとしたときだった。

花音が、あっと小さな声を上げた。

門扉の隙間から手を伸ばして、なにかを拾い上げた。

一瞬、花音が遠くに連れ去られてしまいそうな気がした。だから、真矢は花音の腕をつかんだ。

その瞬間、見た。家の中からガラス戸を強く叩《たた》いている女の子がいる。

ほっそりとした、ポニーテールの少女。窓を叩く手も、凰西の制服も血まみれだ。

顔を歪《ゆが》めて、必死で訴えている。

——ここから、出して。

その後の記憶は、あまりない。気づけば、花音とふたりで人通りの多い道までできてしまっていた。全速力で走ったせいか、息が切れている。

「真矢ちゃん、これ見て？」

花音がなにかを差し出した。

手を開いて、それを受け取る。

「これって……」

葡萄をかたどった銀の指輪だった。もう何年も放置されていたのか汚れて変色している。小さなサイズだから持ち主の女性は、細い指をしていたはずだ。

「これ、美鶴さんの……？」

「わかんない。昨日、先生の後ろにいた子の手には、これと同じ指輪があった」

真矢は気づかなかったが、だから花音は「葡萄の指輪」と言ったのだ。


真矢たちは一度学校に戻った。

まだ先生たちやクラブ活動をしている人たちは残っている時間だ。

まっすぐ職員室に向かって、中をのぞく。

「あら、どうしたの？」

出てきたのは英語の小西先生だ。優しい先生だから話しやすい。

「すみません。各務先生いらっしゃいますか？」

「今、席を空けてるけど、帰ってないからいるはずよ。用があるなら少し待ってるといいわ」

職員室の前でしばらく待っていると、各務先生が戻ってきた。真矢たちを見て、驚いた顔になる。

「あなたたち……」

花音が一歩進み出て、掌《てのひら》を開く。

「これ、美鶴さんのですか？」

各務先生が息を呑むのがわかった。

「どうして、これを……」

説明は真矢がする。

「美鶴さんの家の庭で拾ったんです」

「美鶴の家……？　ああ、クラスに河上さんがいるものね……」

どこか力なく、各務先生は笑った。

「シンガポールにも連れて行ってもらえなかったのね」

「え？」

「これ、わたしが美鶴の誕生日にあげたの。ずっと親友でいようねって約束して。でも、美鶴にはこれは必要なかったのね」

違う。それは違う。

どこからかそんな声が聞こえた気がした。

花音が小さく口を開けた。そして言う。

「美鶴さんはシンガポールに行っていない」

同時に真矢も気づいた。

「どうして、そんなことを気にするの？」

わたしはもう死んでいるのに。


「あの年、八月三十一日の時点で、美鶴さんはもう死んでいたのね」

真矢が思わずつぶやくと、各務先生の顔色が変わった。

「どういうこと？」

怒られるかと思った。だが、彼女は真剣な顔で真矢たちを見た。

「あなたたち、なにが見えているの？」

はっとした。彼女は「なにを知ってるの？」ではなく、「なにが見えているの？」と聞いた。

真矢たちの目に見えているものを、知ろうとしてくれている。

真矢は顔を上げた。

信じてくれるなら話そう。

美鶴の父親は、行方不明になっていた。

会社もあの年の秋にやめ、姿を消してしまっていた。シンガポールになどはじめから行っていなかった。

そして、二年前山奥で見つかった女性の白骨死体が、寺沢美鶴だということがわかった。

各務先生が、離婚した美鶴の母親を探し出し、行方不明者届を出させたのだという。警察は、美鶴の父親の行方を捜しているという。父親が殺したのか、それとも死体遺棄か。それはまだわからない。

各務先生が救われたとは思わない。

親友が黙って姿を消したという過去の代わりに、大事な親友が殺されていたかもしれないという痛みを抱えて生きることになるのだ。

それまでも虐待はあったのかもしれない。美鶴を知らない真矢でさえ、考えるのがつらくなる。

だが、各務先生はある日、真矢と花音に言った。

「大人になったから、できることってあるのね」

美鶴が死んでいることを突き止められたのは、各務先生が大人だからだ。高校生の彼女にはできなかったし、今の真矢と花音にも、誰か大人の力を借りなければできないだろう。

　大人になるということは、大事なことを忘れてしまうことだけではないのだ、と思う。

　十月のはじめ、帰り道、堀江先輩と電車で会った。

「先輩、漫画描いてますか？」

「今は落書きくらいね。でも、受験終わったら描くよ」

　明るい顔でそう答える。真矢はおそるおそる切り出してみた。

「各務先生の話って聞きました？」

「えっ、なに？　知らない」

「各務先生の高校時代の親友が、お父さんに殺されてしまってたらしいんですよ」

「そうなの？　それは先生、ショックだよね……」

　堀江先輩は痛ましそうに眉根《まゆね》を寄せたが、それ以上、興味はないようだった。

　彼女は、自分の手がなにを描き出したか、自分でも知らないのだ。もしかすると、才能とはそういうものかもしれない。

だが、真矢は知っている。

堀江先輩の「屋上の天使」の天使の指には、ちゃんと葡萄の指輪が描かれていた。

第5話　隣のベッドで眠るひと

鷺沼《さぎぬま》未散《みちる》は何度目かのためいきをついた。

まるで鉛でも流し込まれたかのように身体が重く、頭痛がする。テスト用紙に書かれた問題は、それほど難しいものではないと思うのに、まったく頭に入ってこない。

昨夜、髪を洗った後、充分に乾かさないまま、試験勉強で夜更かしをしてしまった。

おそらく、本格的に風邪を引いた。

最悪だ。簡単な問題だけでも、やっておこうとしたが、シャープペンシルを持つ手にも力が入らない。

これなら、病欠ということにしてもらって、再試験を受けた方が、いい結果が出せるかもしれない。

そう決心して、未散は手を挙げた。

「鷺沼さん、どうしたの？」

「すみません。気分が悪くて……保健室に行っていいですか？」

早野《はやの》先生は少し首を傾げた。

「ひとりで行ける？」

普段ならば保健委員の生徒が付き添うが、今は試験中だ。未散は頷《うなず》いた。

「行けます。大丈夫です」

教室を出て、階段を下りる。南館三階の教室から一階に下り、渡り廊下を通って東館に行く。普段なら、遠いと意識するほどの距離ではないのに、やけに時間がかかるような気がする。熱が上がってきたのかもしれない。

試験を抜け出して保健室に行くのだから、まったく熱がなくても困る。たいしたことがないのに、大げさに騒いだように思われる。

少し休んで、早退してもおかしくない程度の熱は出ていてほしい。

保健室のドアを開ける。養護教諭の明石先生が、机から顔を上げた。

「どうしたの？」

「風邪を引いたみたいで、気分が悪いんです。少し休ませてもらえますか？」

明石先生は、少し困ったような顔をして、ベッドがある窓際のスペースを振り返った。

白いカーテンが閉まっているから、中の様子はわからない。

「熱、測ってみる？」

「そうします」

椅子に座って電子体温計を受け取る。ブラウスのボタンを外して、脇に挟んだ。

「今日はお客さんが多い日ね。朝から四人目よ」

ピピッ、と体温計が音を立てる。計測できたという合図だろうか。脇から出した体温計を見ると、38・2という数字が目に入った。具合が悪いと思ったのは、気のせいではなかったらしい。

体温計を先生に返すと、先生は数字を見て眉《まゆ》をひそめた。

「早退してもいいけど……」

帰るにしろ、少し休んでから帰りたい。未散の家は大阪南部で、帰るのには一時間くらいかかるのだ。

「身体がだるいので、今は休みたいんですけど……」

「そう」

先生は、立ち上がって、ベッドの前にあるカーテンを開けた。

保健室にはベッドが三つある。手前のふたつには誰かが寝ているのが見えた。いちばん奥のベッドだけが空いている。

未散はよろよろと、奥のベッドに移動した。固いマットレスの上に横になり、薬品のような臭いがする掛け布団を身体に掛けた。

寝心地がいいとはいえないベッドなのに、意識を失うように深い眠りに落ちていく。

どのくらい眠っただろう。誰かがベッドに入ってくるような気がした。

ただでさえ、狭いベッドなのに、誰かが未散の身体を壁際に押しのけた。

また気分が悪い人が出たのだろうか。ベッドは三つしかないから、足りなくなって、ひとつのベッドにふたり寝なければならなくなったのだろうか。

爪先《つまさき》に誰かの足が触れる。思わず、びくっと震えてしまったほど、冷たかった。

消毒薬の強い臭い、そして、その中に錆《さ》びた鉄のような臭いが混じっている。

隣に寝ている人の身体は、ぐっしょりと濡《ぬ》れているようだった。

未散は目を開けた。壁際の時計が目に入る。

まだ午前十一時を過ぎたばかりだ。四十分も眠っていないのではないだろうか。

そのまま、顔を横に向けた未散は、息を呑《の》んだ。

隣には、同じ制服を着た女の子の身体が横たわっていた。

身体には、首から上がなかった。

*

十代の女の子で、コンプレックスを抱えていない子なんて、ごくわずかではないだろうか。

秋月真矢にも十の指では足りないほどのコンプレックスがある。まず第一に背が高いこと。しかもすらりとスタイルがいいのなら、それも長所に思えるだろうが、骨太でがっしりしているため、小学生のときは男子生徒たちから「デカ女」などと呼ばれたりした。そういう男子は、小柄な女の子のことは「チビ」などと呼ぶから、気にした方が負けだとは思うのだが、やはり胸に刺さった棘《とげ》は簡単に抜けない。

脚が筋肉質で太いこと、特に美人というわけではないこと、髪が剛毛な上、癖毛なことなど、数え上げればキリがない。

だが、凰西学園に通うようになって、あまり気にならなくなったことがある。学校の成績だ。

負けず嫌いというわけではないし、別にいちばんになりたいわけでも、少しでも他人を追い抜きたいわけでもない。

だが、家が学習塾を経営しているという環境に生まれると、嫌でも自分の成績を意識することが増える。

両親からは、真矢の成績が下がると、塾の実績に影響すると怒られ、通っている生徒の親からは、「秋月さんはあそこの娘さんだから、さぞや勉強もできるんでしょう」などと言われたりする。

自然と自分も模試の順位などを気にして、下がると落ち込むようになった。成績が上がるのがうれしいというよりも、成績を下げるわけにはいかないという義務感で勉強を続けているような状態だった。

気持ちが焦って、睡眠時間も少なくなっていた。

それが怪我やインフルエンザにつながってしまったのではないだろうか。

受験に失敗して、なんとか凰西の二次募集に滑り込んだような状態だったが、ここに通うようになって、成績を下げてはいけないという焦燥感からは解放された。

自宅の学習塾とは距離ができたこともあるし、そこまで頑張らなくても成績上位をキープできるようになった。

内部進学の子は高校受験を経験していないせいか、あまりガツガツと勉強している様子もないし、そもそも普通科は一クラスしかないから、比べる相手もあまりいない。

塾では、成績の順位が貼り出されるが、クラスメイトたちののんびりした様子を思うと、少しの変動でやきもきすることが馬鹿馬鹿しく思えてきた。

たぶん、もともとの志望校に通っていれば、中学のときのように成績を気にする毎日だっただろう。

外部進学の子たちは比較的勉強ができる子が多いのだが、その中で毎回、真矢と成績を競っている生徒がいる。鷺沼末散だ。

いや、競っているというのは言いすぎかもしれない。たぶん国語以外は、未散の方ができる。真矢は数学が得意ではないから、そこは大きく水をあけられていると思う。未散なら、進学校でも充分通用すると思う。

未散はあまり友達を作ろうとしない。

彼女も二次募集の合格者だから、凰西が第一志望だったわけではないはずだ。ここにきたのは不本意だという様子を隠そうとはしなかった。もちろん、そんな空気を漂わせていれば、内部進学の子たちからは敬遠される。

率先して苛《いじ》めるような子はいないが、いつも未散はひとりで行動していた。

真矢は彼女のことが気に掛かっていた。

もしかして、花音に出会わなければ、真矢も未散のように行動していたかもしれない。真矢もこの学校にきたかったわけではない。

それは、二学期の中間テストが終わってしばらく経った頃だった。

廊下で真矢は、数学の早野先生に呼び止められた。ベテランの女性教師で、凰西より進学校が向いているのではないかと思うほど厳しい。

「秋月さん、こないだの数学のテスト、クラスでいちばんだったわよ。この調子で頑張ってね」

「えっ？」

真矢は驚いてまばたきをした。一緒にいた花音が、声を出さずに口だけで「すごーい」と言った。

自分の実力は、塾で受ける模試でわかっている。数学の力だけが急に伸びたとは思えない。

理解できている箇所が出題されたから、自分でもよくできたのではないかと思っていたが、数学が得意な未散よりもいい成績が取れるとは思っていなかった。

数学のテストの日、未散は気分が悪いと言って保健室に行った。だから、いつものような実力が出せなかったのだろうか。

「鷺沼さん、再試験受けなかったんですか？」

そう尋ねると、早野先生は眉《まゆ》を寄せた。

「受けたけど、今回はあまり実力が出せなかったみたい。体調悪くて、勉強できなかったのかしらね」

早野先生はそう言ってから、少し考え込んだ。

「秋月さん、鷺沼さんとよく話をする？」

そう聞かれると、答えに困る。よく会話をするわけではない。だがペンを忘れたとか、前日に休んだから授業のノートを見せてほしいなどというときに、未散が声をかけてくるのは、決まって真矢だ。

　未散にとっては、真矢がクラスでいちばんよく喋《しゃべ》る相手なのではないだろうか。

「話します。鷺沼さん、いつも静かだから、ときどきですけど……」

「よかった。じゃあ、ちょっと相談にのってあげてくれない？　今回、数学だけでなく、あまりに成績が下がったから、話を聞いてみたけど、特になにもないと言われちゃって。もしかしたら、お友達の方が話しやすいかもしれない」

　真矢は花音と顔を見合わせた。

　そこまで聞けるほど、仲がいいわけではないが、他に未散と仲良くしている子もいない。

　それに、最近の未散は少し様子がおかしい気がする。

　これまでは、友達がいなくても、あまり気にしていないように見えたが、ここ二、三日はひどく青い顔をして、ずっと下を向いている。まだ体調が悪いのだろうかと思っていた。そうではなく、なにか悩み事でもあるのかもしれない。

　真矢は決心して口を開いた。

「わかりました。ちょっと話をしてみます」


　とはいうものの、未散に声をかけても、拒絶される可能性の方が高いと思っていた。

それでも、悩みを抱えているときは、誰かが心配してくれているということを知るだけで、少し安心できるのではないだろうか。

放課後、真矢は花音と一緒に、帰り支度をしている未散に近づいた。

「鷺沼さん、ちょっといいかな」

「なに？」

未散が振り返った。

「ちょっと数学でわからないところがあるから、教えてほしいんだけど……」

未散が、真矢の目をのぞき込んだ。

まるで本心を探るようだ。これまで話をしたとき、こんな目で見られたことがあるだろうか。

未散は肩にかけた鞄《かばん》を置いた。

「わたしに教えられるかどうかわからないけど、いいよ。でも、学校にいるのは嫌」

学校でなにかあるのだろうか。「アルベルタ」は最近、雑誌で紹介されたらしく、やけに混んでいるが、この時間なら空《す》いているかもしれない。

そう思ったとき、先に花音が口を開いた。

「もし、嫌じゃなかったら、うちにくる？　近いし」

未散ははじめて目に入ったとでもいうように、花音を見た。

「ご迷惑じゃない？」

「全然。よく友達くるし」

「じゃあ、お邪魔させてもらおうかな」

少し驚いた。学校で話すならともかく、誰かの家を訪ねるようなキャラではないと思っていた。

誰かを「そんなキャラだ」「そんなキャラじゃない」などと決めつけるのは、勝手な見方かもしれない。

真矢たちは地下鉄に乗って、花音の家まで向かった。

花音の家が中之島のタワーマンションだと聞くと、未散の目が丸くなった。

「都会っ子だ……」

「鷺沼さんはどこに住んでるの？」

「わたしは富田林《とんだばやし》だから、遠いよ」

富田林からだと、学校まで一時間はかかるだろう。距離だけではなく、たぶん通勤ラッシュもひどいはずだ。

花音のマンションに到着する。何度きても、ホテルのようなエントランスに目をみはる。未散もきょろきょろとあたりを見回していた。

「芽衣子さんは？　今日は家にいる？」

エレベーターの中で、花音に尋ねる。

「今日から東京に行くって言ってたから、もう出かけたと思う」

「じゃあ、今夜はひとりなの？」

「そう。だから泊まっていってもいいよ」

さすがに家になにも言ってきていないのに、泊まることはできない。

真矢は不思議そうな顔をしている未散に説明した。

「花音のお母さん、小説家さんなんだよ」

花音が鍵《かぎ》を開けて中に入ると、リビングには芽衣子がいた。

いつも通りの金髪だが、なぜか今日は着物を着ている。

「ああ！　花音ちゃんよかった！　新幹線のチケット知らない？」

花音は口をへの字に曲げた。

「冷蔵庫にマグネットで貼ってたでしょ？」

「あっ、あっ、あっ！」

芽衣子は思い出したように、キッチンに走って行った。キッチンから声が上がる。

「あったー！」

「今から東京行ってもパーティに間に合わないんじゃ？」

「二次会に滑り込むわよ。タクシー呼んでくれる？　新大阪まで」

走り回りながら、芽衣子はやっと真矢たちの方を見た。

「あっ、真矢ちゃんと……お友達、ゆっくりしていってね」

花音は慣れた様子で、電話をかけている。たぶんタクシー会社だろう。

「ママ、五分でくるって」

「サンキュー」

芽衣子は着物姿で、キャリーバッグを持ってマンションを出て行った。慌ただしさとテンションの高さはクラスメイトと同じだ。

花音は、リビングに散らかった服やパジャマを拾い集めている。たぶん芽衣子のだろう。未散がおずおずと尋ねた。

「今のお母さん？」

「そう。ああいう人なの。どうぞ、ソファに座ってね」

花音はそう言い残して、キッチンに向かった。たぶん、紅茶を淹《い》れてくれるのだろう。

リビングを見回した未散がためいきをつくように言った。

「おしゃれなお家《うち》だ……」

その気持ちはわかる。多少散らかってはいても、ソファやテーブルが趣味のいいものだとわかるし、廊下にはいくつも絵がかかっている。壁面がすべて本棚になっているのも、映画かなにかみたいだ。

未散は、あたりを見回すようにしてから声をひそめた。

「ねえ……秋月さん、学校で幽霊見たことある？」

「えっ……」

その質問は真矢にとっては、突飛なものではない。あの学校にはなにかがいる。

いや、あの学校だけではない。わたしたちが過ごしている世界のそこかしこに、どこかこの世界と別の世界との境目のようなものがある。その境界線はひどく曖昧《あいまい》で、簡単に越えてしまえるものだ。

花音と一緒にいて、手をつないだときに、世界の境界線は消えてしまう。

あまり考えると恐ろしくなるから、考えないようにしている。

だが、未散は真矢の表情から別の意味を読み取ったようだ。

「ごめん、変なこと言ったよね。うそうそ、冗談」

話を打ち切るように、鞄から教科書とノートを出した未散に、真矢は言った。

「あるよ。何度も」

返事に困ったのは、それを幽霊と呼んでいいのかどうかわからなかったからだ。

もっと薄い、霧のようなもの。誰かの残された思いが、学校にも町にも漂っている。

未散は泣き出しそうな顔で、真矢を見た。

「わたしだけじゃない。花音も見てる」

「やっぱりいるんだ……」

　紅茶を淹れた花音が戻ってきた。トレイの上には、カップケーキも一緒にのっている。

　花音が紅茶を置くのを待って、真矢は話を続けた。

「鷺沼さんも見たの？」

　彼女は小さく頷いた。

「お姉ちゃんに相談しても、寝ぼけたんだって笑われて、全然相手にしてくれなくて……お姉ちゃんの友達に凰西だった子がいるけど、そんなの見たことがないって」

　花音もなんの話か理解したようだった。

「保健室。ほら、この前の中間テストのときに」

　保健室には真矢も行ったことがあるけれど、そのときはなにも感じなかった。

　真矢はごくりと唾《つば》を飲み込んだ。

「どんな……？」

　花音は立ち上がって、リビングのいちばん奥まで逃げた。

「やだやだー。今日、わたしひとりで寝るのに！」

「いやなら、花音は聞かなくていいよ」

「仲間はずれにしないでよう……」

聞きたいのか聞きたくないのか、いったい、どっちなのだ。

「ベッドで寝てて目が覚めたら、隣に凰西の制服を着た子が寝てたの……身体だけ……

…」

「身体だけって……」

「首から上がなかった」

ヒッと花音が息を呑むのがわかった。真矢も絶句する。それは怖い。

未散は下を向いた。

「それから学校が怖くて……でも、だから学校に行かないって言えないし……」

「そうだったんだ」

だから、成績が落ちたのか。

花音がいつの間にか、ソファに戻ってきていた。未散の前に座る。

「でもさ、学校には中学と合わせて、三百人とか四百人の生徒がいるよね」

花音のことばに、未散ははっとしたように顔を上げた。

「ほとんどの人は、なにも気づかずに過ごしてる。わたしも全然気づかずにいることってあるかもしれない」

「どういうこと？」

「学校だけじゃなくて、どこにでもそういうものはいて、ただ周波数が合ったときに見えるだけなんじゃないかって……」

花音がそんなことを言うのを、真矢ははじめて聞いた。だが、最初は、ひどく怖がりだった花音が、あるときから変わったような気がしていた。普段一緒にいるときは、どうでもいい話ばかりしていて、その理由までは尋ねなかった。

未散はしばらく考え込んでいた。

「だよね……うちの学校にいる生徒が、次々に不幸な目に遭っていくというわけでもないし」

簡単に転校できるならいい。だが、凰西は決して授業料の安い学校ではないし、やめるとなると納めた授業料も返ってこない。他の学校に転入するのも簡単なことではない。

「そう考えたら、ちょっと気楽になってきたかも……でも、もう絶対に保健室には行かないけど」

保健室に行かなくても、卒業することはできる。

「そうだよ。あと、二年半だし」

自分でそう言ったあと、真矢は急に寂しいような気持ちになった。

この時間がいつまでも続くわけではないのだ。三年後の自分はいったいどこにいるのだろう。

強くなったようなことを言ったくせに、花音は真矢が帰るとなると、腕をつかんで引き留めた。

「やだやだー。あんな話聞いた後、ひとりになりたくないんですけどー」

「そんなこと言われても、わたしだって帰らないと怒られるし」

本当を言うと、この素敵なマンションに泊まってみたい気持ちはある。だが、それならそれで、前もって両親に許可を取らねばならない。花音は何度か家に遊びにきているから、あらかじめ言っておけば、泊まることも許してくれるかもしれないが、いきなりだと絶対無理だ。

ふいに、思いついて、母の携帯に電話をかけてみた。

母親に、花音はお母さんが東京出張で、今日はひとりなのだと説明してから、花音を連れて帰ってもいいかと聞いてみる。

真矢が泊まることは難しくても、花音が真矢の家に泊まるのなら問題ないだろう。

思った通り、母からの許可が出たので、花音と一緒に帰る。

両親は帰りが遅いから、ふたりで夕食にカレーを作って食べ、お風呂《ふろ》に順番に入って、真矢の部屋に客用の布団を敷いた。

自分のベッドに横になってから、床に敷いた布団で寝ている花音に話しかける。

「ねえ……明日保健室に行ってみない？」

「えっ、なんで？」

今日、未散に話しかけて知った。彼女は、自分が誰からも理解されないと思っているのかもしれない。

だから、自分から幽霊の話を振っておきながら、すぐに冗談だとごまかそうとした。

真矢は、未散の話を信じたけれど、それでも彼女と同じものを見たわけではない。

同じものを見て、彼女と話すことができたら、未散ともう少し仲良くなれるかもしれない。

「花音がいやなら、わたしひとりで行く」

「行くよ、行くってば」

なんのかんの言っても、花音はいつも真矢と一緒にいてくれるのだ。


翌日の昼休みに、真矢と花音はふたりで保健室を訪れた。

明石先生にどう言い訳しようかと思ったが、彼女の姿はなかった。ベッドで寝ている生徒もいない。

中庭で、少女たちが笑いさざめく声が聞こえた。まるで鳥が囀《さえず》っているようだ、と、いつも思う。騒がしいのに、どこか耳に心地いい。

背中がぞくりとしたのは、なにかを皮膚で感じたのか、それとも未散の話のせいで先入観があるのか。

花音の顔を見てお互い頷いた。そっと手を握る。

かすかに開いた窓から風が吹き込んで、カーテンが舞い上がった。

その瞬間、真矢は見た。

いちばん奥のベッドで、ずぶ濡れの女の子が眠っていた。濡れたブラウスの胸が寝息を立てるように上下していた。

彼女には首から上がなかった。なのに、彼女の胸は静かに動いている。安らかに眠るように。

一瞬、現実なのかどうかわからなくなった。まるで自分が彼女の世界に引き込まれるような気がして、真矢は花音の手を振りほどいた。

少女の姿はたちまち消えた。

現実ではない。やはり、あれは曖昧な境界線の向こう側だ。

花音がぽつりと言った。

「身体だけだったね……」

　つまり、花音も同じものを見たのだ。

　同じ制服だから、凰西の生徒だ。だが、どうしてここで眠っているのだろう。なぜ、首から上がないのだろう。

　ふいに、後ろから声をかけられた。

「どうしたの？　調子でも悪い？」

　振り返ると、明石先生が立っていた。あわてて、真矢は言った。

「すみません。生理痛がひどくて、鎮痛剤もらえますか？」

「ごめんなさいね。保健室では薬はあげられないの」

　それは知らなかった。

「生理痛がひどいなら少し休んでいく？」

「いえ、大丈夫です」

　花音が、真矢の後ろから顔を出して、先生に話しかけた。

「先生、保健室に幽霊が出るって噂、聞いたことありませんか？」

　明石先生は、一瞬驚いた顔になり、それからくすくすと笑った。

「やあねえ。そんなはずないでしょ。朝から夕方までここにいるのに、幽霊なんて見たことないわよ」

だが、今そこにいる。手をつなぎさえすれば、すぐに見える。彼女が眠っているのがわかる。

明石先生は話を続けた。

「あれでしょ？　いちばん奥のベッドに寝たら、隣に誰かが寝るってやつでしょ」

思わず、息を吸い込んでしまった。花音も青い顔をしている。先生は、真矢たちの表情を見て苦笑した。

「違うって。あれは、わたしがいちばん奥のベッドにあまり生徒を寝かさないようにしているから、そのせいで広まった噂」

おそるおそる真矢は尋ねた。

「どうして、いちばん奥のベッドを空けてるんですか？」

「大した意味はないわよ。もし、ものすごーく具合の悪い子がきたとき、ベッドが空いてないと困るでしょ。だからベッドは全部使わないようにしているの」

それだけ聞いたら、納得してしまいそうな話だ。

だが、そこに寝ている女の子はいる。

「わかりました。変なこと聞いてすみません」

出て行こうとすると、先生は真矢たちを呼び止めた。

「あまりそんな話広めないでね。怖いからって、気分が悪くても保健室にこない子がいても困るでしょ」

「はーい」

だが、先生の耳に入っている時点で、その話はすでに広まっているのではないだろうか。


花音の家に行った翌日から、未散は真矢たちと一緒にお弁当を食べるようになった。

いつも一緒に食べているクラスメイトたちに、未散も誘っていいか尋ねると、みんな快く頷いてくれた。

こんなことなら、もっと早く誘えばよかったと、真矢は思った。

声をかけると、未散は少し面映《おもは》ゆそうに微笑んで、真矢たちのグループに加わることになった。

話をしてみると、やはり未散は、他の私立高校の受験に失敗して、凰西にくることになったようだった。

彼女が受験したのは、偏差値が高いことで有名な女子校だった。

「えぇー、すごーい！」

花音や、北斗ちなみたちも声を揃えて言う。

「でも、うちはお母さんもお姉ちゃんもそこだったから、大学は絶対そこに行きなさいって言われているんだよね……」

未散はためいきをつくようにそう言った。あと二年もすれば大学受験をしなければならない。真矢の両親は、高校受験に失敗してから、中学のときほどうるさく言わなくなったが、だからといってどうでもいいわけではない。

なぜ、親は自分たちの期待を子供に背負わせようとするのだろう。

もちろん、子供には少しでも幸福な人生を送ってほしいという気持ちは真矢にもわかる。いい大学に行けば、それだけ職業の選択肢は増える。

だが、自分の通った高校や大学に行ってほしいとか、真矢の両親のように、名前の知られた高校に行ってほしいというのは、押しつけではないだろうか。

未散と一緒にお弁当を食べるようになって、二週間ほど経った頃だった。

始業のチャイムが鳴る前、花音が小さなくしゃみをした。

「どうしたの？　風邪？」

ここ数日、気温はぐっと下がった。風邪を引いているクラスメイトが何人もいる。

「たいしたことないんだけど、昨夜《ゆうべ》、お風呂でちょっと寝ちゃって、気づいたらお湯が冷めてて……」

花音がそう言い終わるより先に、ちなみがまくし立てた。

「ダメだよ！　お風呂で寝たら危ないんだよ。わたしが中一のとき、高校の先輩がお風呂で溺《おぼ》れて亡くなったんだよ！」

　それを聞いた瞬間、背筋がぞくりとした。

保健室のベッドで寝ていた女の子は、ずぶ濡れだった。

　真矢は思わず尋ねた。

「それってどんな人？」

　ちなみはきょとんとした顔になった。

「えーと、茶道部の先輩で……。写真見る？」

「見せて」

　そう言ってから気づいた。真矢も花音も、その人の顔を見ていない。

　ちなみは、携帯電話を操作して、一枚の写真を呼び出した。そこには、凰西の制服を着た三人の女の子が写っていた。

　のぞき込んだ花音が言った。

「真ん中の人？」

「えっ、やだ。どうしてわかったの？」

　色の白い、ショートカットのよく似合う女の子だった。だが、花音が彼女を言い当てた理由は、真矢にもわかった。

制服のリボンが上手に結べずに縦結びになっている。

　鮮明に思い出せる。あのとき、保健室のベッドで横たわっていた身体も、リボンが縦結びだった。


　だが、彼女はなぜ、保健室で眠り続けているのだろう。

　そして、彼女の首から上はどこにあるのだろう。


　榛名《はるな》渚《なぎさ》というのが、その先輩の名前だった。

　ちなみが中一のとき、高校二年生だったというから、四歳違いだ。もし、生きていたら十九歳か二十歳。

　放課後、未散にもその話をした。もう保健室での恐ろしい経験のことなど思い出したくないかもしれないと思ったが、未散は少し考え込んだ。

「お姉ちゃんとわたしも四つ違いだから、お姉ちゃんの友達がその人のこと知ってるかも……」

　彼女のことを知ってどうなるのだろうか。そう思う気持ちもあるが、知りたい気持ちも止められない。

数日後、未散が話を聞いてきた。

「やっぱり、北村《きたむら》さんの友達だった」

北村さんというのが、凰西に通っていたという姉の友達なのだろう。

「榛名さんは、成績がその学年で常にトップだったんだって、目指してる大学があったから、予備校を掛け持ちしたりして、すごく頑張って勉強してたって……」

未散が声を詰まらせたのは、その人が自分に似ていると感じたからかもしれない。

「亡くなったのもテスト期間中で、榛名さんは『ドリンク剤飲んで、睡眠時間削って勉強してる』って言ってたって……」

それが、自宅の浴槽で居眠りをしてしまうという結果になった。

「いつも明け方まで勉強して、それからお風呂に入っていたから、家族もみんな寝てて、榛名さんが亡くなったことに気づいたのは、朝になってからだって聞いた」

「そうだったんだ……」

だから、彼女は保健室のベッドで眠っているのかもしれない。

試験勉強から解放されて、静かに心ゆくまで。

彼女が眠りたいのなら、好きなだけ眠らせてあげたいと思った。どうせ、あの奥のベッドは、ものすごく調子が悪い人がきたときのために、空けられている。

首のことは気になるが、考えたって仕方がないこともある。


十二月のはじめ、ひどく寒い日のことだった。

真矢はその日、生理二日目だった。普段の生理痛は我慢できるのに、その日に限ってはうずくまりたいほどの痛みがやってきた。

貧血もあるのか、目の前がぐるぐると回る。

なんとか二時限目を終えたが、三時限目を乗り越えられそうにない。

腹部を押さえて、自分の席から立ち上がった。心配そうに見ている花音に言った。

「ごめん。保健室行ってくる。一緒にきてくれる？」

「もちろんだよ。大丈夫？」

この前、嘘をついた天罰かもしれない。今日は少し休ませてもらわなくてはならない。

保健室に行くと、明石先生は、附属中学の生徒の足に湿布を貼っていた。

「あら、どうしたの？」

「すみません……生理痛が重くて……ちょっと休ませてくれませんか？」

先生は険しい顔をした。

「生理痛くらいなら、戻って授業受けなさい」

「でも……」

今日は我慢できないほど痛いのだ。脂汗まで噴き出してくる。

ちらりとベッドの方に目をやると、手前のふたつのベッドで、他の生徒が休んでいるのが見えた。

ああ、だから、今日は休ませてもらえないのか。そう思った瞬間、足下がよろめいた。花音が支えてくれる。


その瞬間、ある光景が目の前に浮かんだ。

（休ませてくれませんか……少しでいいんです……）

そう頼んでいる女の子がいた。

前に写真で見た子だ。榛名渚。

明石先生が冷たく突っぱねた。

（保健室は寝るところじゃないのよ。家でちゃんと寝てくれればいいでしょう）

（夜になると目が冴《さ》えて……眠れないんです）

（具合が悪い人がきたらどうするの？　その誰かのために、ベッドを空けておかないといけないのよ）

（気分の悪い人がきたら、起きますから……）

（駄目。教室に帰りなさい）

はじめて見る光景だった。だが、真矢にははっきりとわかった。

これは、榛名渚が溺死《できし》した前日だ。

渚は恨めしそうに、ベッドの方を見つめた。

空いているのに、あそこでは眠れない。

あの日、あのベッドで休めていたら、死なずにすんだかもしれないのに。

ふいに、目の前の明石先生が低く呻《うめ》いた。胸を押さえてうずくまる。

「先生！」

声を上げようとしたが、身体に力が入らない。

明石先生の向こうに、首のない身体が立っていた。ずぶ濡れの制服と、縦結びのリボン。

真矢の気が遠くなる。

遠くで、誰かが明石先生を呼んでいた。


目を覚ましたときには、夕方になっていた。

真矢は保健室の真ん中のベッドで眠っていた。両隣には誰もいない。

ベッドの傍らに、花音と未散が立っていた。花音の目が泣きはらしたように真っ赤だった。

「……どうしたの……？」

「明石先生が亡くなったの……」

「えっ？」

未散が下を向いてつぶやく。

「急に心臓が止まったんだって……先生、まだ若いのに……」

鳥肌が立った。

思わず、窓際のベッドを見た。花音が真矢の手を握る。

窓際のベッドでずぶ濡れの少女が眠っていた。この上もなく、安らかな、幸せそうな寝顔で。

第6話　水に集う

更衣室に入ったとたん、ひんやりした空気が首筋をなぞっていった。

村田《むらた》紅美《くみ》はプールがあまり好きではない。泳ぐのが苦手というわけではない。小学生のときは、スイミング教室にずっと通っていたから、水泳はむしろ得意だった。

プールが嫌いになったのは、中学生になってからだ。

小学六年生の冬から、急に胸が大きくなった。背は伸びないのに、お尻《しり》も急に横や後ろに張り出すようになった。

母親からは「女らしい体型になったってこと。自慢に思っていなさい」と言われたけれど、とうていそんなふうに思えない。

しょっちゅう痴漢に遭うようになったし、夏に薄着をすると、それだけですれ違う男からじろじろ見られるようになった。近所の顔見知りのおじさんからも、舐《な》めるように見られて気分が悪かった。

水着を着ると、そんな自分の体型をみんなに見られてしまう。

中学は公立に通っていて、男子たちから体型のことをひどいことばでからかわれた。だから、高校は絶対女子校に進むつもりで、凰西に進学したのだ。

さすがに高校生になれば、女らしい体型の子も増えてくるし、女子ばかりになれば、からかうようなことを言う子もいない。

だが、それでもいまだにプールの授業と聞くと、重い気持ちになる。

凰西学園は、グラウンドがない代わりに、温水プールがあり、一年を通して水泳の授業がある。体育のカリキュラムの中に組み込まれていて、週に二時間ある体育の授業のどちらかは、水泳をすることになっているのだ。

生理や体調不良のときは見学をしていていいのだが、無条件に見学が許されるのはその月に一回だけで、二回以上休んだときは放課後に補習授業を受けなくてはならないことになっている。

二十五メートルのコースを五往復すること。先生はまじめにやっているか監視しているだけだ。

これも、紅美はあまり好きになれない。

普段の授業なら賑《にぎ》やかなのに、補習を受ける生徒は、一クラスに二、三人だ。プールはいつもより広く、静かで寒く感じられる。

なのに、その六月、紅美はプールの授業を二回見学することになってしまった。

竹井《たけい》先生は紅美の書いた見学届けをじろりと見て言った。

「おまえ、今月頭も生理だって休んでいるだろう」

もちろん言われなくても覚えている。紅美は唇を噛《か》んだ。

紅美は月経のサイクルが短いから、月はじめに月経がくると、月末にもう一度くることがある。

一年生のとき、体育を受け持っていたのは女性の崎島先生で、生理周期のことは説明しなくても理解してくれた。補習は受けなければならないが、疑われたことはない。

だが高二になって担当になった竹井先生は三十代の男性だ。

背が高く、笑顔も爽《さわ》やかだから、授業を受けたことのない生徒の中にはファンだという子もいる。だが授業を受けた生徒はだいたい竹井先生のことが嫌いになる。

まるで生徒たちが、嘘をつき、ずるいことをして、先生を騙《だま》しているかのように振る舞うのだ。

五月は授業でバレーボールをやったのだが、少し気を抜いてボールを見逃しただけで、「サボっていた」と言われ、罰として放課後のランニングを言いつけられた。捻《ねん》挫《ざ》をしたから授業を休ませてほしいと言った生徒に、「診断書を持ってこなければ休ませない」と言い切った。可哀想に、その生徒は痛む足を引きずりながら、半泣きでレシーブの特訓を受けていた。

先生はわざとボールをその子に向かって、何度も投げつけた。

竹井先生は凰西の卒業生に振られたことがあるのだ、とか、みんな陰で噂している。

そんな先生に、生理だと告げるのは嫌だったが、仕方がない。風邪だと嘘をつくと、また診断書をもらってこいと言われる。

「本当に生理なんだろうな」

竹井先生は廊下にまで聞こえるような大声で言った。

本当かどうかなんて、どう証明すればいいのだろう。紅美は小さな声で答えた。

「本当です……」

泣きたい気持ちだったが、この先生の前で涙を見せることだけは絶対に嫌だった。

竹井先生は、鼻を鳴らした。

「補習は受けろよ」

補習を受けなければならないことは知っている。言われなくても受けるつもりだった。

　そして、今日がその補習の日なのだ。

プールに入らなくてはならないというだけで憂鬱《ゆううつ》なのに、あのときの竹井先生の顔を思い出してしまって、よけいに不快な気分になる。

補習は体育教師が交代でやるから、高一のときの崎島先生であることを祈っていたが、どうやら竹井先生が監督をするようだ。

まったくついていない。

それだけではない。なぜか、補習がはじまる十分前になっても、更衣室には紅美しかいない。いつもなら、三、四人は一緒に受けるのに、今日に限って紅美ひとりなのだろうか。

竹井先生とプールでふたりきりになることを思うと、背筋がぞっとした。

先生がなにかをするとは思っていないが、ただでさえ、意地が悪く、生徒を傷つけることをわざとするような人だ。

自分を尊重してくれない人と、他の人がいないところでふたりきりになるのは嫌だ。

今からでも気分が悪いと言って、来月の補習に回してもらうことはできないだろうか。そう思ったが、先生に話すことを考えると、気持ちは萎《な》えた。さっさとすませてしまった方がいい。

のろのろと水着に着替えて、プールに向かう。

竹井先生はすでにプールサイドにいた。椅子に座って、足を組んで退屈そうにしている。

補習がはじまる時間になる。準備体操を終えると、紅美はプールに入った。

温水のはずなのに、身体の先端がぴりぴりするくらい冷たい。

このプールでは何度も泳いだが、たったひとりで泳ぐのははじめてだ。

紅美は、思い切り息を吸い込むと、水に顔をつけ、プールの壁を蹴《け》った。

水面がたぷんと波打ったような気がした。

*

九月も半ばを過ぎると、朝夕は涼しくなる。

最近では秋らしい秋なんて、一瞬で通り過ぎてしまい、あっという間に身震いするほど寒くなってしまうけれど、この夏の終わりが真矢は好きだ。

去りゆく夏の気配と、秋のセンチメンタルな感じが混在している。

衣替えはまだだけれど、最近では半袖《はんそで》だと少し肌寒く感じる日も増えた。その日も半分ほどのクラスメイトが長袖のブラウスを着ていた。

岸田塔子が真矢のクラスにやってきたのは、昼休みのことだった。

「秋月さん、ちょっといい？」

塔子とは、最寄り駅が一緒だから、五月の事件の後もよく顔を合わせている。朝、同じ車両に乗り合わせると、学校までお喋《しゃべ》りしながら行くこともある。

塔子の後ろには、見知らぬ生徒がいた。塔子が連れてきたから、二年生だろうか。

一目でバレエクラスとわかる細身の塔子と違い、その女の子はぽっちゃりとした体型をしていた。普通科か、それとも音楽科か。

「ちょっと相談にのってもらいたいんだけど……」

そう言われて真矢は、隣の花音と目を合わせた。上級生が真矢になんの相談があるというのだろう。

「今ですか？」

「今日じゃなくてもいいから放課後、時間もらえる？　相原さんも」

もくもくと菓子パンをかじっていた花音が、目を白黒させた。

「わたしは今日でも大丈夫ですけど」

真矢がそう言うと、花音も頷《うなず》いた。

「よかった。じゃあ、鰻《うなぎ》公園の時計台のそばで、今日の放課後待ってる」

鰻公園は学校の近くにある公園だ。その名の通り、南北に細長い。あまり緑のないオフィス街の中の、貴重な緑地だった。

運動部の生徒たちが放課後ランニングをしていたり、凰西学園にとっては、第二のグラウンドと言える公園だ。

塔子たちが帰った後、花音が言った。

「岸田さん、どうしたのかな。わたしたちに相談だなんて……」

一学年とは言え、先輩だ。真矢たちが相談にのってもらうならわかるが、後輩に相談するようなことなどあるのだろうか。

親戚《しんせき》のお姉さんに、以前言われたことがある。

「十代の頃って、年齢差がすごく大きなことに思えたけど、大人になったらあまり関係なくなるのよ」

そのお姉さんは、三十二歳のとき、五歳年下の男性と結婚した。

たとえば、真矢の五歳年下といえば、まだ小学五年生だ。家の学習塾に、その年代の子はよくきているが、どう見ても子供で、恋愛対象になるとは思えない。

たとえ十年経とうが、その差は埋まらないような気がしているが、実際に大人になってみれば、まったく違う世界が見えているのかもしれない。

まだ見えない世界を想像することは、ひどく難しかった。

学校が終わると、いつものようにだらだらとお喋りをしているクラスメイトたちを置いて、真っ先に教室を出た。花音も同じように鞄《かばん》を抱えてついてくる。

塔子は、後輩に威張るタイプではないが、年上の人を待たせるのは、やはり少し気が引ける。

急いで行ったせいか、時計台のそばには、まだ塔子はいなかった。五分ほど待っていると、手にコンビニ袋を持った塔子が現れた。昼間のふっくらした少女も一緒だ。

「ごめんね、呼び出して。なにがいい？」

コンビニ袋を広げて、中を見せる。カフェオレや、抹茶オレなどのチルドパックが四つ入っている。

「話を聞いてもらうから、先に選んでね。わたしたちはどれでもいいから」

そう言われて、真矢はカフェオレを選ぶ。花音はロイヤルミルクティーを選んだ。

四人でベンチに並んで腰を下ろす。体操部の生徒たちが、かけ声をかけながら走っていく。

「紹介するね。この子、三組の鈴江《すずえ》さん、鈴江佳代子《かよこ》」

三組というと、真矢たちと同じ普通科だ。

「どっちが名前かわからないって言われるの」

佳代子はそう言って、笑顔になる。白い頬が上品な和菓子みたいだ、なんて考える。

「わたしたちに相談って……」

おそるおそる真矢が切り出すと、佳代子はふっと息を吐いた。

「実はわたしの親友が、二学期から不登校になってしまったの。村田紅美って子なんだけど」

「二年生ですよね」

「そう」

内部進学の子や部活動をしているクラスメイトたちは、他の学年にも知り合いがいる子が多いけれど、真矢たちが知っている子はごくわずかだ。村田という子も知らない。

「不登校ってなにか理由があるんですか？　クラスでのいじめとか……」

真矢たちのクラスでは、いじめは起きていないが、他の学年やクラスのことはわからない。

「それはなかったわ。同じクラスだから知っている」

佳代子はそう断言した。

「心配で、何度も連絡したの。渋って、あまり話してくれなかったけど、一度だけこう言ったの。プールが怖いって」

思わず、花音と顔を見合わせる。

「怖いって……その泳げないとかそういう……」

花音の質問に、佳代子はぶんぶんと首を横に振った。

「彼女、運動神経もよかったし、泳ぎもうまかったよ」

ならば、なにを怖がっているのだろう。一瞬、花音の手を握りそうになって、あわてて手を後ろにやる。

真矢と花音は知っている。あの学校にはなにかがいる。この世界と別の世界の狭間《はざま》にたゆたうもの。積み重ねられた誰かの思い。忘れ去られた悲しみや怒り。

うっすらと埃《ほこり》が部屋の隅に溜《た》まるように、そんなものがここかしこにうずくまっている。

それでも、学校にくるのが怖いと思わないのは、花音がいるからだ。真矢と同じものが見える友達。だが、そんな友達がいなければ、学校にいることすら恐ろしいと感じるかもしれない。

佳代子は声をひそめた。

「あのね……紅美が最後に学校に来た日、彼女、水泳の補習を受けてたの」

真矢はまだ受けたことがないが、水泳の授業を月に二度以上休むと、放課後に残って補習を受けなければならないことは知っている。

「つまり、そのときになにかあったと……」

真矢のことばに佳代子は頷いた。

「そう。そのとき、補習を受けたのは紅美だけだったの。竹井先生とふたりっきりで……」

「竹井先生？」

花音が首を傾げると、塔子が説明した。

「体育の先生だけど、まだ若い男の先生なの。紅美はすごく嫌ってた」

佳代子が続ける。

「わたし、紅美は竹井先生になにかひどいことされたんじゃないかと思ってる」

話は、真矢が考えていたのと違う方向へと進んだ。だが、それが深刻な話であることはわかる。

多くの大人がどれほど無神経か、真矢は知っている。二年前の正月、酔った親戚の叔父《おじ》さんが「真矢はいつまで経ってもおっぱいが大きくならないなあ」と言ったことを、真矢はずっと忘れられないでいる。単なる冗談のつもりだったのかもしれない。だが、ぬるぬるとしたなにかがその日から、真矢の身体にまとわりついている。その叔父さんのことは、たぶん一生、心から好きになることはできないだろう。

そして、この世界にはただ無神経なだけではない、もっとひどい悪意や、加害もあるのだ。

「ねえ、相原さんのお母さんは小説家なんでしょう。新聞社とか、そういうセクハラの訴えにくわしい人、知らないかな。学校に相談しても握りつぶされてしまうかもしれないし」

なぜ、真矢と花音に相談しようとしたのか、ようやくわかった。

花音はロイヤルミルクティーのストローを抜き差ししながら言った。

「ママの友達で、新聞社の人は何人かいます。でも、もし誤解だったら大変だから……まだ鈴江さんの推測なんですよね」

佳代子は頷いた。

「うん、そうだよね。だから、ちゃんと紅美に確認してから、また相談する。学校以外に話を聞いてくれそうな大人がいなかったら、紅美も本当のことを話さないだろうと思ったの」

憶測で行動して、もし間違っていたら、紅美だけではなく、佳代子も学校に居づらくなるかもしれない。ただ思い込みで暴走しているわけではないことがわかって、ほっとした。

花音は頷いた。

「ママ、セクハラとかそういう話を聞いたらすごく怒るから、それが本当なら絶対、味方になってくれると思います」

佳代子の顔がぱっと明るくなる。花音の手をぎゅっと握った。

「ありがとう！　それ聞いてほっとした。紅美に話してみるね」

真矢はなにげなく、塔子の方を向いた。塔子の表情は、なぜか険しいままだった。

逆方向に帰る佳代子とは駅で別れた。

家が近い花音もすぐに電車を降りてしまい、地下鉄には塔子と真矢のふたりが残された。

朝の通勤ラッシュと違い、夕方の電車はゆったりとしている。真矢と塔子は空いた座席に並んで座った。

なんとなく、佳代子と塔子の気持ちは食い違っているように思えた。思い切って尋ねてみた。

「塔子先輩はどう思われます？」

「紅美のこと？　そうね……」

塔子はことばを探すように黙り込んだ。

「わたしはもっと違うものを見たんじゃないかと思ってる。たとえば、誰かに話しても信じてもらえないような……」

真矢ははっとして、塔子の顔を見た。

塔子は五月に起きた、友成紗代をめぐる出来事を、近くで見ていた。紗代が体調を崩していく姿も、彼女が病室で急に「熱い」とつぶやいたことも、そしてちょうど、その時間に、紗代のバレエ教師が火事で亡くなったことも。

あれから、塔子とあの事件について、語り合ったことはない。だが、よほど鈍感でなければ、そこになにか不思議なものを見出《みいだ》すのではないだろうか。

　そして、塔子は鈍感ではない。

「五月のとき、秋月さん、わたしに、紗代のまわりで不思議な出来事が起きてないか聞いたよね。だから、もしかしたら秋月さんは、なにか見えるんじゃないかと思った」

　真矢ひとりでは見えない。花音と手をつないだときだけ見える。だが、それを説明するのは難しい。

「いつもじゃないんです。ほとんどのときは、なにも感じない」

「プールでなにかを感じたことある？」

　真矢は首を横に振った。

「そっか……、じゃあわたしの思い過ごしかな」

「いえ、わたしもいつも感じるわけじゃないですし」

　佳代子は教師によるセクハラを疑っていたが、紅美が本当に「プールが怖い」と言ったのなら、プールでなにかを見た可能性の方が高いのではないだろうか。

「まあ、足がつって溺《おぼ》れかけたという可能性もあるかもね。凰西以外の学校だったら、こんなに水泳に力を入れていないし」

重苦しい空気を追い払うように、塔子がそう言った。

セクハラにしろ、溺れたにしろ、なにか恐ろしいものを見たにしろ、紅美はもう学校に行きたくなくなるほど怖い思いをしたのだ。どれがいちばんよかったとは言えないが、溺れかけただけならば、大変な事故が起きずにすんでよかったと思える。学校を卒業してしまえば、プールになど入らずに生きていけるのだから。

その二日後に水泳の授業があった。

前日に花音からメールが届いた。

「明日、一緒にプール見学しない？」

花音がなにを考えているか、すぐにわかった。

体育の崎島先生は厳しいから、授業を受けている間に、花音と手をつなぐことは難しい。理不尽なことは言わないが、プールでふざけていると、鋭い叱責《しっせき》が飛んでくる。見学のグループならば、先生の目は届かない。プールサイドにベンチがあり、そこに一列に並んで見学する。

お喋りをすると怒られるが、静かにしていれば、先生の目がこちらに向けられることはない。

見学をするのに、嘘をつくのは少し気が引けるが、崎島先生はあまり理由を問いただしたりはしない。デリケートな話題だということをちゃんと理解してくれている。

まあ、二度以上休むと、補習に出なければならないのだから、ただサボりたいという理由で休む生徒はあまりいない。そこを厳しくする必要はないのだろう。

真矢は二週間前、月経のため水泳の授業を見学した。さすがに続けては不自然なので、風邪気味だと言うことにする。

塔子が抱いている疑惑のことは、花音にも話した。

花音も、この学校にいろんなものが潜んでいることは知っている。西館二階の廊下のつきあたりには、ずっと背を向けて立っている誰かがいるし、音楽室の空の花瓶には萎《しお》れた薔薇《ばら》がずっと生けられたままだ。真矢と花音が手を離すと、誰かの背中も萎れた薔薇も、一瞬にして消えてしまう。

田渕菫の肩には、いまだに白いふわふわしたなにかがいる。

ここはそういう学校だ。百二十年以上も続いていれば、思いを残して亡くなった人も少なくないはずだ。

翌日の朝、真矢と花音は体育準備室に向かった。見学の届け出をするための用紙をもらわなくてはならない。

体育準備室のドアをノックしようとしたとき、男性の声が聞こえた。

「村田紅美は、まだ登校していないんですか？」

「そうみたいね。あの日からずっと」

答えたのは崎島先生の声だ。

「まるで、ぼくのせいだとでも言いたげですね。彼女はただ、勝手にパニックを起こして溺れかけただけだ。ぼくはなにもしていない。プールにはセキュリティのための監視カメラがあるから、ぼくが嘘をついていないことは証明できたでしょう」

花音が、ごくりと唾《つば》を飲み込んだ。つまり、今話しているのは竹井先生だ。

「わたしが怒っているのはそんなことじゃない。なぜ、あの日にプールの補習をしたの？　慣例としてプールに生徒を入れない日になっていることは、ちゃんと伝えたでしょう」

竹井先生は鼻を鳴らして笑った。

「馬鹿馬鹿しい。単なる迷信ですよ」

「なら、なぜ村田さんは溺れかけたの？」

「単なる偶然です。もしくは、人の気を引こうとして、わざと溺れるふりでもしたら、本当に溺れてしまったんでしょう」

足早に誰かがこちらにやってくる。真矢たちは、ドアから少し離れた。

ドアが開いて、体格のいい若い男性が出てくる。彼は真矢たちを見下ろすと、なにも言わずにそのまま廊下を歩いて行った。

　崎島先生がこちらを向く。

「どうかした？」

「あっ、あの……プールの見学届けを……」

「ああ、ちょっと待ってね」

　見学届けを二枚もらって、真矢たちはぺこりと頭を下げた。崎島先生は、息を吐くように笑った。

「竹井先生にも困ったものね」

　真矢たちに言ったわけではなく、思わず漏れた心の声のように聞こえた。

　体育準備室を出て、教室に戻りながら、真矢はつぶやいた。

「慣例として、プールに生徒を入れない日って、いったいなんだろうね」

　花音はこくりと頷いた。

「時間割では水泳の授業だったのに、急に鰻公園のランニングに変更になった日が一回あったよね」

　言われてみれば、たしか一学期にそんなことがあった。

「七月のはじめだったような……」

　記憶を探って、必死に思い出したのに、花音はさらりと言った。

「衣替えの日だったから一日だよ」

村田紅美が補習を受けたのは、いつだろう。塔子に聞いてみればわかるかもしれない。

教室に帰ると、真矢は塔子にメールを打った。返事はすぐにきた。

「たしか七月十日だったと思う」

水泳の授業は四時限目だった。

見学をする生徒たちは、水着ではなく体操服に着替えるので、すぐにわかる。今日は、真矢と花音以外にも五人いる。

ある程度の数、見学者が出るのはいつものことだが、今日は少し多い。

真矢たちは体操服を着て、プールサイドのベンチに座った。

崎島先生と、スクール水着に着替えたクラスメイトたちが、プールサイドに入ってくる。準備体操をして、順番に水に入る。

今日は、背泳ぎの練習をするようだ。

泳ぎが得意な子たちは、先生の説明を聞くまでもなく、端のレーンで泳ぎはじめる。

苦手な子たちは、ビート板の助けを借りてもうまく泳げないし、顔を水につけることすら、まだできない子もいる。

授業を受けているときには、自分のことで精一杯で気づかなかったが、離れて見学してみると、まるで人生の縮図のように思えてくる。

いつか、すいすいと泳げるようになるのだろうか。

ふいに柔らかなものが、真矢の手に触れた。花音の手だ。

わざわざ見学した目的を忘れかけていた。息を吸って、花音の手を握った。目を一度閉じて、また開く。

目の前の光景には、なんの変化もなかった。


「なんか拍子抜けだったね」

体操服から制服に着替えながら、花音がそう言った。真矢も頷く。

花音と手をつないでも、なにも見えなかった。受けられる授業をわざわざ見学にしたのが、馬鹿馬鹿しく思えてくる。

やはり、村田紅美はプールで溺れたから、プールが怖くなったというだけの話なのだろうか。

監視カメラがあるなら、セクハラを受けたとしても、ことばだけのもののはずだ。

もちろん、それでも充分心に傷を残すことはあるだろうが。

ただ、やはり気になるのは、崎島先生の言った「プールに生徒を入れない日」ということばだ。

たしかなのは、プールに生徒が入ってはいけない日があって、竹井先生がその日に補習を強行したから、紅美がプールを怖がるようになったことだ。

「もしかして、村田さんに話を聞いた方がいいのかな……」

もし、単に溺れただけだとわかれば、真矢たちがこんなに悩むこともないし、佳代子も気持ちがおさまるかもしれない。

ただのおせっかいかもしれないが、このまま、なにもしないよりはいい。

次の日曜日、真矢と花音は村田紅美に会うことになった。

塔子の話では、紅美は佳代子の抱いていた疑惑そのものは、否定したらしい。

「プールの授業を見学したいと言ったときに、ちょっと嫌なことは言われたらしいんだけど、そのことと、プールが怖くなったことは関係ないって」

塔子は電話でそう言った。

「わたしや佳代子に話すことは渋ってたんだけど、一年生で霊感のある子たちがいるって言ったら、その子たちには話してもいいって言ってた」

そう聞くと、少し罪悪感を覚える。真矢たちは結局、プールでなにかを感じることはできなかった。

これまで、なにかが見えたと感じたのもただの妄想で、本当は霊感など少しも持っていないのかもしれない。

花音が同じものを見ているのでなければ、もっと心細く不安で、自分が信じられなかっただろう。

日曜日、カフェ・アルベルタの二階、奥のテーブルを、和佳子に頼んで開けてもらうことにした。大事な相談をすると言うと、和佳子は衝立《ついたて》を置いて、そのテーブルを仕切ってくれた。

時間ぴったりに、佳代子と塔子、そして、もうひとりの少女がカフェ・アルベルタに現れた。小柄なのに、Tシャツの胸がぐんと突き出していてスタイルがいい。

真矢と花音は立ち上がって自己紹介をした。小柄な少女も頭を下げる。

「村田紅美です」

か細い声でそう言う。わざと小声を出しているわけではなく、もともと声が小さいのだろう。

衝立の向こうには、普通にカフェの客がいる。真矢も声を落として話した。

「その……体調とか大丈夫ですか？」

「体調？」

「プールで溺れかけたと聞きました」

紅美は、くっと唇を噛んだ。

「溺れたんじゃないんです。誰かがわたしの足をつかんで、プールの底に引きずり込もうとしたんです」

佳代子と塔子が顔を見合わせた。佳代子が口を開く。

「それって本当……？」

真矢は佳代子の声にかぶせるように言った。

「わたしも、学校で誰かの手が、生徒のスカートをつかむのを見たことがあります」

疑問を投げかけてはいけない。自分が話すことを、信じてもらえるか不安に思っている人は、それだけで口を閉ざしてしまう。

嘘はつきたくなかった。それが嘘だと気づかれれば、よけいに紅美を傷つけることになる。

真矢が打ち明けた話は、紅美の気持ちを動かしたようだった。少しほっとしたような顔になる。

花音も話しはじめる。

「わたし、ママのために、凰西で起こった不思議な事件を集めているんです。その件、くわしく教えてくれませんか？」

「凰西には他にもそういう事件が？」

紅美の問いかけに、花音は黙って頷いた。

紅美をよけい怯《おび》えさせるかもしれないが、ここでそんなものはないと言うことに意味はない。

もうすでに、紅美はなにかを見て、なにかに怯えている。

佳代子がつぶやいた。

「わたし、そんなのは信じない。非科学的だもの」

佳代子がそう言う気持ちはわからなくもない。真矢だってここにくるまでは、そう思っていた。

黙って聞いていた、塔子が口を開いた。

「わたしも経験したことある。紅美が言うことを信じるよ」

佳代子の顔が不安そうに歪《ゆが》む。それで気づいた。佳代子はそういうものが恐ろしくて、だから存在を否定しないと生きていけないのかもしれない。

塔子もそれに気づいたのだろう。

「佳代子はもう帰っていいよ。信じないなら、無理に聞かなくてもいい」

佳代子は鞄を手に、すっくと立ち上がった。そのまま、テーブルを離れて、階段を下りていく。

遠ざかる足音を聞きながら、塔子が紅美の肩に触れた。

「あのね。紅美のことをいちばん心配して、わたしに相談してきたのは佳代子なの。だから……」

紅美は寂しげな笑顔を浮かべた。

「うん、わかってる。だってわたしもずっと思ってたんだもの。幽霊なんて非科学的だ。そんなのを信じるのはおかしいって」

だからこそ、紅美は誰にも言えなかった。

紅美は、花音の方を向いた。

「くわしくと言っても、怖くてあまり細かいことは覚えてないんです。プールに入って泳ぎはじめたら、大勢の人の声が聞こえはじめて、最初は小さかったのに、しだいに大きくなっていって……。おかしいな、とは思ったんです。だって、プールには、わたしと竹井先生しかいなかったのに……それでも泳いでいたら、急に足をつかまれた気がして、水の底に引きずり込まれそうに……声も出せなかった。足がつく深さのプールなのに、立とうとしても、底に足がつかないの。気が付いたら、プールサイドに寝かされていて、竹井先生に叱りつけられた」

そのときのことを思い出したのか、紅美は目に涙を溜めていた。

「佳代子や塔子が心配してくれたことには感謝している。でも、わたしはもうあの学校に戻りたくない」

紅美がそう考えるのも無理はない。

「声ってどんなでした？」

花音が尋ねると、紅美は首を横に振った。

「大勢、たぶん五人や十人じゃなくて、もっとたくさん。だから、なにを言っていたかまではわからなかったけど、ひとことだけ聞き取れた気がする」

「それはなんて……」

紅美は顔を上げて、真矢をまっすぐ見た。

「水が足りないって」

紅美と塔子が一緒に帰った後、和佳子がキッシュの試作品と、紅茶のおかわりを出してくれた。

ほうれん草とベーコンのキッシュをフォークで切りながら、花音がつぶやいた。

「思うんだけど、溺れた後、竹井先生が怒鳴りつけたりしなかったら、紅美さんもあそこまで怯えなかったかもしれない」

ただでさえ、恐ろしい体験をした後、大声で叱りつけられたら、真矢だってもうその場には行きたくなくなる。

「でもさ、『水が足りない』ってどういう意味なんだろう」

真矢のことばに、花音も考え込む。

「水はたくさんあるよね。プールなんだから」

二十五メートルのプールでも足りないと思うくらい、水を欲しがる人がいたのだろうか。

どちらにせよ、真矢と花音には、その声は聞こえない。

崎島先生が語っていた「その日」にプールに入れば、聞こえるのかもしれないが、わざわざそれを実験したいとは思わない。

真矢たちにしか見えないものがあるのだから、真矢たちの目には見えないものもあるだろう。

ただ、そう思うだけだ。


一週間ほど後、水泳の補習があった。

真矢も花音も、今月は二回休んでしまったから、補習に参加しなければならない。

これまで、一度も出たことがないから、少し不安だ。

学校にくわしい、内部進学の北斗ちなみをつかまえて尋ねる。

「えー、大丈夫だよ。決められた日に放課後に行って、二十五メートルを五回泳げばいいだけ。参加者が少なかったらすぐに終わるんじゃない？　授業に出るよりずっと楽」

ちなみは水泳が得意だったと、聞いた後に思い出した。

よく考えれば、内部進学の子たちは附属中学の三年間も、ずっと一年を通して水泳の授業を受けてきたのだ。夏場しかプールに入らなかった真矢よりも、泳ぐことに抵抗はなくなるはずだ。

それでも花音が一緒だから、ひとりよりは心強い。

放課後、鞄を持って更衣室に向かう。

更衣室には、真矢のクラスの生徒だけではなく、バレエ科や音楽科の生徒もいた。ほとんどが話したこともない子だ。上級生らしき人もいる。

全部で七人くらいだろうか。それほど多くはない。

更衣室のロッカーを選んで、スクール水着に着替える。髪をまとめて、キャップの中にしまう。花音は髪が長いから苦労してキャップの中に押し込んでいる。

ゴーグルを持って、シャワーを浴び、プールサイドに出る。

　他の生徒たちは思い思いに準備運動をしていた。授業ならば、先生の号令に合わせて体操をするが、補習ではそれがないのだろう。

　真矢たちも、見よう見まねで準備運動をする。

　プールサイドに、ジャージを着た男性が入ってきた。竹井先生だ。

　崎島先生が監督するものだと思っていたから、少し不安になる。花音も少し緊張した顔になっている。

　竹井先生はやる気のなさそうな顔で、プールサイドの椅子に腰を下ろした。

　上級生たちが先にプールに入る。レーンは五つだから、全員が同時に泳ぐことはできない。残りのふたりは、プールサイドで待機する。

　最初にプールサイドに残されたのは、真矢と花音だった。先に泳ぎはじめた生徒たちが半ばくらいまで進んだのを確認して、プールの中に入る。

　重い水が身体にまとわりつくような気がする。温水が生ぬるくて、体液かなにかのようだ。

　となりの花音に目をやると、彼女はひどく青ざめていた。

「花音、大丈夫？」

　そう真矢が声をかけたとき、花音の手が真矢に伸びた。

「花音！」

彼女の身体がぐらりと傾ぐ。真矢はあわてて彼女を支えた。

とたんに、見えた。

プールの底に、おびただしい数の人が沈んでいた。焼け焦げた服や髪、爛《ただ》れた皮膚、そして肉。

誰かが叫ぶ。

水が、足りない。水をもっと。

喉《のど》が引き攣《つ》れて、声が出ない。

花音に引きずられるように、水の中に沈んでいく。


男の怒号で気が付いた。

いつの間にか、真矢と花音はプールサイドに引き上げられていた。

「いったいなにをやっているんだ！」

竹井先生が真っ赤な顔で怒っていた。ジャージがびしょ濡《ぬ》れだ。

「おまえたちは、いつもそうやって俺に迷惑をかける！　もっとしっかりしろ！　甘えるんじゃない！」

花音はすでに身体を起こしていた。怯えるのではなく、強い目で竹井先生を見つめている。

真矢はようやく気づいた。

このひとは、いつも不当に生徒たちに迷惑をかけられていると思っているのだ。生徒たちが自分の思ったように動いて、話を聞き、素直に頷かないことに怒りを溜めているのだ。

だが、それは無理だ。生徒たちだって人間で、しかも子供だ。

溺れることもあるし、体調不良にもなる。理不尽な命令は聞きたくないし、正しいとわかっていることだって、やりたくないこともある。

嫌いな人のことは、もっと嫌いになる。

ひとりの上級生が声を上げた。彼女の目にも怒りがある。

「貧血を起こしただけなんじゃないですか？　怒らなくても」

「健康管理がなってないから、貧血なんかになるんだ！」

後ろの方で誰かが笑った。

「水着に着替えてないのが悪いんちゃうの」

はっとした。これまで水泳の授業の時、教師もかならず水着に着替えていた。だが、今日の竹井先生はジャージのままだ。これでは誰かが溺れたときに、すぐに飛び込んで助けることはできない。

「今言ったのは誰だ」

竹井先生が声を張り上げる。他の誰かが笑った。

「おまえらいいかげんにしろ！」

先生は、笑った生徒の髪をつかんで、張り倒し、そのままその生徒をプールに投げ込んだ。

他の生徒たちの間から、悲鳴が上がる。

プールに投げ込まれた生徒は、一度底まで沈んだ。そのまま浮き上がって顔を出し、濡れた顔を手で拭《ぬぐ》う。

どこかで打ったのか、彼女の額からは、一筋の血が流れていた。

生徒に暴力を振るったことで、竹井先生は謹慎処分を受けることになった。

たぶん、懲戒免職になるのではないかと噂されている。

そのきっかけを作ってしまったのは、花音と真矢で、それは少し申し訳ない気もする。

だが、竹井先生の中で煮えたぎっていた怒りは、遅かれ早かれ、どこかで暴発したのではないだろうか。

すでに常に漏れ続けて、生徒たちを傷つけてきた。紅美だって、いきなり叱責されたから、よけいにプールへの恐怖が植え付けられたのではないだろうか。

見学していたときに、なにも見えなかった理由もわかった。

彼らは、プールの底にいたのだ。

数日後、なにげなさを装って、北斗ちなみに聞いてみた。

「ねえ、プールに絶対入っちゃいけない日があるって聞いたんだけど、本当？」

ちなみは大きく目を見開いて頷いた。

「ああ、凰西の七不思議のひとつ？」

そういえば、ピアノ室から漏れ聞こえる音も、七不思議のひとつだと前に聞いた。

「有名な話なの？」

「そういうの好きな人たちの間では、よく噂されてたかな。高校に進学してからはあんまり誰も言わないけどさ」

ちなみは声をひそめた。

「大阪大空襲があった日は、プールは閉鎖される」

真矢は息を呑んだ。

プールの底には、おびただしい数の焼け焦げた人が沈んでいた。

水が足りない、水をもっと、と、声を上げながら。

あのプールでも水は足りない。だが、そこにある水を求めて、彼らは集まるのかもしれない。

この大阪で、苦しんで死んだ人のいない場所がどれだけあるのだろう。

いや、大阪だけではない。東京でも震災もあり、空襲もあった。神戸でも、まだ記憶に新しい東北でも。

いまだ安らいでいない魂を嫌悪して、避けて生きることにどんな意味があるのだろう。

紅美はこの学校を出て行く。真矢はここに残る。

たった三年間だけでも、ここで彼らの声を聞く。

その年の十二月、不思議な出来事が起こった。

二時限目の授業の半ばに、サイレンが鳴り響いた。校内放送が流れる。

「近隣のビルで火災が起きました。落ち着いて、ただちに避難してください」

窓際にいたクラスメイトが窓を開けて、外を見た。とたんに焦げ臭い匂いが流れてくる。

教室は騒然とした。担任の松永先生が声を張り上げる。

「みんな荷物を持たずに整列して廊下に出て。以前、避難訓練を受けた通りに、避難場所まで行ってください」

真矢たちは出席番号順に並んで小走りで廊下を通り、階段を駆け下りた。

少なくとも、火事はこの学校ではない。充分に逃げる時間はあるはずだ。

避難場所は鰻公園だった。学校のエントランスを出ると、まわりには野次馬や、近所のビルから避難したらしき人たちが、集まっていた。

振り返って気づく。凰西学園の隣のビルから黒煙が上がっていた。

想像以上に近い。もしかしたら、凰西にも燃え移るかもしれない。

ぼんやり見上げていると、花音に手を引かれた。

「ね、早く行こう」

そのとたん、見えた。

凰西を水の渦が取り巻いていた。

大量の水が滝のように落ちて、また登り、ぐるぐると渦を巻く。隣の窓から噴き上がった火が、凰西に届く前に力を失い消えていく。

消防車がやってくる音が聞こえた。

真矢は花音の手を握り直して走りはじめた。

ここは水が集う場所なのかもしれない。

エピローグ

小鳥の鳴く声が聞こえている。

芽衣子は、パソコンの電源を落として、ソファに倒れ込んだ。ようやく仕事が終わった。今月もぎりぎりの綱渡りだった。

ドアが開く音がした。軽い足音が部屋から出て、リビングを素通りして、ダイニングに入っていく。

そういえば、さっきちらりと見た時計は七時半を過ぎていた。花音が起きる時間だ。

芽衣子の締め切り前は、ひとりでちゃんと起きて、ひとりで弁当を詰め、ひとりで朝ごはんを作って食べて学校に行く。自分の娘とは思えないほど、ちゃんとしている。

芽衣子だって、別にほったらかしにしているわけではない。普段は弁当だって作るし、どんなに忙しくても夕食は一緒に食べることにしている。

ただ、締め切りぎりぎりのときは、どうしても余裕がなくなるし、朝まで仕事をしてしまうことが多くなる。弁当や朝食の準備まで、気が回らない。

だが、高校生になって、花音は急に大人になった。小学校に入るまではしょっちゅう泣きべそをかいていたし、中学生になってからも、ちょっとつっついたら泣き出してしまいそうに見えた。

今はもう、両足を地につけて、しっかり立っているように見える。

頼もしいが、少し寂《さみ》しいような気もする。

凰西に通わせてよかったのだろうかと何度も考えたが、花音の変化を思うと、たぶん正解だったのだろう。真矢という仲のいい友達もできた。

そう、正解に違いないのだ。

芽衣子は自分に言い聞かせる。言い聞かせなければ、不安でどうにかなりそうになる。

一度、友達に話したら、「ちょっとおかしいんじゃない」と言われたから、その後は誰にも話していない。

だが、いつだって花音が急にいなくなってしまうような気がするのだ。

小さい頃からそうだった。保育園に預けても、そのまま返してもらえないような気になったし、学校に行っても、帰りに事故に遭うのではないかとばかり考えていた。

自分が料理をするときもそうだ。揚げ物の鍋《なべ》がひっくり返って、たまたまそこにいた花音にかかってしまうことを想像した。包丁はすぐに引き出しにしまった。刃物を目にするのも少し怖いような気がした。

いまだに花音が長風呂をしていると、中で溺《おぼ》れていないか気になって声をかけてしまう。

あの子はいつかわたしの前からいなくなる。その感覚がどうしても拭《ぬぐ》えないから、自分に言い聞かせるのだ。

これで、正解だ。花音は大丈夫だ、と。

でも、本当に大丈夫なのだろうか。

足音はいつの間にか聞こえなくなった。うとうとしている間に、もう学校に行ってしまったのかもしれない。

芽衣子は、ソファにかけてあったブランケットにくるまった。このまましばらく眠るつもりだった。

急に、音を立ててドアが開いた。

驚いて飛び起きる。パジャマを着た花音が走り込んできた。

「もうやだー、寝坊しちゃった。どうしてママ、起こしてくれないの」

「えっ……」

時計を見ると八時半だ。

花音は洗面所に駆け込むと、髪をとかしはじめた。芽衣子はおそるおそる、洗面所を覗《のぞ》いた。

「さっき、起きてなかった？」

「起きてないよ。ママ、寝ぼけてるの？」

寝ぼけているのかもしれない。だが、先ほどたしかに足音を聞いたのだ。

「えーと、朝ごはんは……」

「食べてるヒマないよー」

即答だ。芽衣子は台所に向かいながら尋ねた。

「カフェオレだけでも飲む？」

「アイスカフェオレにして。熱いと飲むのに時間かかるから」

「了解」

エスプレッソマシンを稼働させ、牛乳にエスプレッソを注ぐ。

「メープルシロップ入れる？」

「うん、甘くして」

花音は一度自室に引っ込んだ。制服に着替えて出てくる。

芽衣子は千円札を花音に渡した。

「これでお昼、なにか買いなさい。朝ごはんになるようなものも」

「ありがと。パン買って、一時限目の後の休みにでも食べる」

花音はアイスカフェオレを一気に飲み干すと、鞄《かばん》を持って玄関に向かった。そのまま出て行くかと思ったら、急に振り返って言った。

「ママも無理しちゃ駄目だからね」

ぎゅっと胸をつかまれた気がした。

そんなにいい子でなくていい。優しくなくてもいい。あまりにいい子過ぎると、なにものかに連れて行かれてしまうような気がするから。

「じゃあ、いってきまーす」

快活な声と同時にドアが閉まった。

芽衣子はその場に座り込んだ。

そして、自分に言い聞かせる。

大丈夫。自分は間違っていない。なにも失敗していない。

なのに、どうしてこんなに胸騒ぎがするのだろう。

解説

三《み》浦《うら》天《あ》紗《さ》子《こ》（ライター、ブックカウンセラー）

学校と怖い話は相性がいい。無人の音楽室から鳴るピアノ、夜中に動き出す理科準備室の骨格標本、三番めの個室に潜むトイレの花子さん……。大人はもちろん、子どもの頭でもあり得ないと笑い飛ばせる不合理な言い伝えが、学校という場所に限っては、なぜか起きてもおかしくない気分になってしまう。昼間でも薄暗い教室があったり、長い廊下の向こうが気味悪かったり、トイレがやたらひんやりしていたりするからだろうか。古い建物ならなおさらだ。閉鎖的でどこか重苦しい学校の空気が、自分も妙なものを目撃してしまうのではないかという好奇心や恐怖心を否応《いやおう》なくくすぐってくる。

近藤史恵《こんどうふみえ》の『震える教室』は、そんな学園を舞台にしたホラーミステリーだ。舞台は、明治時代に創立され、百二十年もの歴史を持つ私立の中高一貫校〈凰西《おうせい》学園〉。三階建ての洋風建築の古い校舎は、ゴシックホラーの雰囲気を守《も》り立てるのにふさわしい。凰西学園は音楽教育で名高く、高等部には音楽科、バレエ科、普通科がそれぞれ一クラスずつある。受験に失敗し、二次募集でその普通科にすべり込んだ秋月《あきづき》真矢《まや》が本書の主人公である。

　お嬢様学校に外部受験して入学した口で、公立の学校とは違う華やかなオーラがある生徒や保護者を眺め、場違いな据わりの悪さを感じていた始業式当日、真矢はひょうひょうとした相原花音《あいはらかのん》と出会う。出席番号がひとつ違いというきっかけも手伝い、友人を求めて言葉を交わしたふたり。本書は、この真矢と花音がホームズ&ワトスン的なゴールデンコンビとなって、怪異の正体や背景を突き止めていく連作短編集になっている。

　ホームズシリーズでは、博覧強記だけど人とのコミュニケーションが苦手なホームズが探偵役、事件解決のため彼をサポートする生真面目で友情に厚いワトスンが助手役を務めるが、真矢と花音にはそのような明確な役割分担はない。というか、真矢と花音の力が合わさらなければ、そもそも特別な力を発揮できない。その力とは、真矢と花音が手を繋《つな》いだり、肩など互いの身体の一部が触れていると、〈現実ではないもの〉が見えるようになるというもの。一方で、ひとりでいると、何も見えない、わからない。真矢にしても花音にしても、霊感があるわけではなく、互いが一緒にいるときだけ、怪異を見ることができるのだ。すなわち、彼女たちのパワーはふたりでひとつ。魂の双子のような友情を少しずつ育《はぐく》み、不思議な現象と折り合いをつけていく

〝関係性萌《も》え〟の物語でもある。

第1話「ピアノ室の怪」では、まだふたりは出会ったばかり。知った顔もいない心細さもあり、自然と声をかけ合った。〈わたし、この学校が怖いの〉。花音はそう言って、真矢の袖《そで》をつかむ。古びた校舎の雰囲気に背筋が冷たくなる気がするのは真矢も同じだが、花音はあろうことか、出るとうわさのピアノ練習室に行ってみようと持ちかける。それには理由がある。花音の母親はミステリ作家の藍原芽衣子《めいこ》。花音曰《いわ》く、今度ホラー作品を書くことになった母親に頼まれ、参考に見にいかなくてはいけないが、ひとりでは怖いので付き添ってほしいというわけだ。恐る恐る足を踏み入れたふたりが見たのは、宙に浮く血みどろの指！　この怪奇現象の理由を探っていくうちに、真矢と花音はピアノ科の生徒に起きた過去の悲しい事件にたどり着く。

第2話「いざなう手」は、入学してひと月ほど経った五月のある日のこと。通学途中に、凰西学園高等部の制服を着たほっそりした少女が駅の階段で足を滑らせたのを、真矢が下敷きになって助けてあげた縁から物語は幕を開ける。下級生の真矢の教室にまで感謝を伝えに来た紗代《さよ》と付き添いの塔子《とうこ》はバレエ科の生徒で、体型維持のためのダイエットや貧血などに悩んでいる様子。彼女たちが教室から出て行きかけたそのとき、真矢と花音の手が触れ、紗代の足下から伸びた手が見えた。骨と皮だけのようになったその手が暗示する闇の部分を、ふたりは調べていく。

さらに、保健室の奥のベッドを一床必ず空けておく理由と、それにまつわるぞっとする噂。水泳の補習授業のあとに、不登校になってしまった生徒と、〈慣例として、プールに生徒を入れない日〉のおどろおどろしい秘密など、怪異は続く。

そうしたホラー体験のヒヤヒヤ感と、事件の背景を探る謎とき。厳密にはミステリー要素は薄めだが、どんな恐怖譚《たん》も、後ろにあるストーリーにこそ怖さの種がある。四谷怪談だって、理不尽な理由で伊《い》右《え》衛門《もん》に毒殺されたお岩《いわ》の無念を知るから、同情もするし、ぞっとする。「幽霊が出るって有名な場所だよ」と言われただけでは怖くもなんともないだろう。本書でも、嫉妬《しっと》、支配欲、執着など、ネガティブな感情がどうして生まれ、異様な出来事として現れるのかがつまびらかになったときに背筋が凍る。

一方では、語り手を務める真矢の、十代の女の子らしい心理に共感しながら読めるのも本書のポイントだ。真矢は、学習塾を経営している両親のもと、大阪郊外のごく平均的な家庭で育った。音楽科やバレエ科の生徒たちの美しさや、彼女たちのお嬢様然とした雰囲気に憧《あこが》れつつも、おのれの平凡コンプレックスには落ち込むこともあるし、作家をしている母と大阪市内のタワーマンションで暮らしている花音の境遇はちょっぴりうらやましい。ピアニストになりたい、バレリーナになりたいと決めて進路を選んできた同じ世代の女の子たちと比べ、将来、何をしたいかもわからない自分。

何という違いだろうと焦りのようなものを感じてしまう気持ちもわかる気がする。だが、そうした心の揺れは、十代だけの専売特許ではない。

そう、誰もが持つコンプレックスやジレンマ、痛すぎる自意識、かすかな違和感、小さな悪意など、人間心理の綾《あや》を描き、遠い事件すら我がことのように感じさせてしまう筆さばきこそ、近藤史恵という作家を読む喜びだと思う。

あらためて、作家としての近藤史恵の歩みを振り返ってみる。デビューは一九九三年、第四回鮎川哲也《あゆかわてつや》賞受賞作の『凍える島』（東京創元社、のちに創元推理文庫）。アガサ・クリスティーの『そして誰もいなくなった』を本歌取りしたと思わせるクローズドサークルのミステリーだった。そのまま新本格系作家の道を進むかと思いきや、むしろ二作目以降で見せてくれたミステリーの舞台は百花繚乱《ひゃっかりょうらん》。たとえば、歌舞伎《かぶき》役者が登場し、舞台や芸、梨園という特殊な世界をめぐる謎に挑む「歌舞伎」シリーズ。『ねむりねずみ』を始め、現在までに四冊（「探偵今泉」シリーズと考えれば、狂おしい恋と耽美《たんび》の物語『ガーデン』が一冊増えて五冊）を刊行。お掃除の天才にしておしゃれで気さくなキリコが、オフィスで起きる事件を解決、心のお荷物も片付ける「清掃人探偵・キリコ」シリーズは、『天使はモップを持って』（実業之日本社、のちに文春文庫、実業之日本社文庫）を含め、既刊五冊。下町の小さなフレンチ・ビストロのお客さんから持ち込まれた日常の謎と料理の数々を楽しむ「ビストロ・パ・マル」シリーズは、『タルト・タタンの夢』（東京創元社、のちに創元推理文庫）を含め三冊出ている。おそらくいちばん有名なのは、二〇〇八年に、第十回大藪春彦《おおやぶはるひこ》賞を受賞した『サクリファイス』（新潮社、のちに新潮文庫）から続く、同名シリーズだろう。自転車ロードレースに賭《か》ける男たちの心理的葛藤《かっとう》が細やかに描かれ、スポーツや勝負の世界の歓喜と厳しさを垣間《かいま》見る圧巻のサスペンスで人気も高い。こちらは現在までに五冊刊行されている。

　シリーズ作品は他にもあるし、ノンシリーズの作品も多い。ノンシリーズの中で個人的に好きな長編としては、『はぶらし』（幻冬舎、のちに幻冬舎文庫）と『インフルエンス』（文藝春秋）を挙げたい。『はぶらし』は、かつて親しかった友人のつらい状況を聞いて、一週間だけのつもりで同居させてあげるヒロインが、じわじわと安寧な生活を侵食されていくサスペンス。『インフルエンス』は、大阪郊外のニュータウンで起きたある事件をめぐり、当時中学生だった三人の女性たちの人生が変わっていくさまと、彼女たちのねじれた共犯関係の真相を、第四の女性である女性作家が書き留めていくという凝った構成の心理ミステリーだ。

　声高に訴えてはこないが、女性や子どもなど弱い存在が、日常のありふれた光景や言葉によって傷ついてしまうことがあること、そうした痛みを抱えて生きている人がいること、つまり性暴力や虐待、さまざまなハラスメントを、物語に溶け込ませて気づかせてくれるのも、近藤史恵という作家の近年の特徴ではないか。隠れたフェミニズム視点があるから信頼できるし、その美点は本書にも生きている。

　ちなみに、本書はプロローグとエピローグではさんだ六つの章で構成されている。だが話が進んでも、なお解けない謎がある。なぜ、真矢と花音の身体が触れあっているときだけ、わけのわからないものが見えるのだろう。その能力は何のために生まれたのだろう。ぜひこの真矢と花音のコンビもシリーズ化して、いずれ解き明かしてほしいと思っている。

本書は二〇一八年三月に小社より単行本として刊行された作品を文庫化したものです。

震《ふる》える教室《きようしつ》

近藤《こんどう》史恵《ふみえ》

令和2年 4月25日　初版発行
令和6年 3月10日　3版発行

発行者●山下直久

発行●株式会社KADOKAWA
〒102-8177　東京都千代田区富士見2-13-3
電話　0570-002-301（ナビダイヤル）

角川文庫 22130

印刷所●株式会社KADOKAWA
製本所●株式会社KADOKAWA

表紙画●和田三造

●お問い合わせ
https://www.kadokawa.co.jp/（「お問い合わせ」へお進みください）
※内容によっては、お答えできない場合があります。
※サポートは日本国内のみとさせていただきます。
※Japanese text only

ISBN 978-4-04-109303-0　C0193

角川文庫発刊に際して

角川源義

第二次世界大戦の敗北は、軍事力の敗北であった以上に、私たちの若い文化力の敗退であった。私たちの文化が戦争に対して如何に無力であり、単なるあだ花に過ぎなかったかを、私たちは身を以て体験し痛感した。西洋近代文化の摂取にとって、明治以後八十年の歳月は決して短かすぎたとは言えない。にもかかわらず、近代文化の伝統を確立し、自由な批判と柔軟な良識に富む文化層として自らを形成することに私たちは失敗して来た。そしてこれは、各層への文化の普及滲透を任務とする出版人の責任でもあった。

一九四五年以来、私たちは再び振出しに戻り、第一歩から踏み出すことを余儀なくされた。これは大きな不幸ではあるが、反面、これまでの混沌・未熟・歪曲の中にあった我が国の文化に秩序と確たる基礎を齎らすためには絶好の機会でもある。角川書店は、このような祖国の文化的危機にあたり、微力をも顧みず再建の礎石たるべき抱負と決意とをもって出発したが、ここに創立以来の念願を果すべく角川文庫を発刊する。これまで刊行されたあらゆる全集叢書文庫類の長所と短所とを検討し、古今東西の不朽の典籍を、良心的編集のもとに、廉価に、そして書架にふさわしい美本として、多くのひとびとに提供しようとする。しかし私たちは徒らに百科全書的な知識のジレッタントを作ることを目的とせず、あくまで祖国の文化に秩序と再建への道を示し、この文庫を角川書店の栄ある事業として、今後永久に継続発展せしめ、学芸と教養との殿堂として大成せんことを期したい。多くの読書子の愛情ある忠言と支持とによって、この希望と抱負とを完遂せしめられんことを願う。

一九四九年五月三日

角川文庫ベストセラー

散りしかたみに　近藤史恵

歌舞伎座での公演中、芝居とは無関係の部分で必ず桜の花びらが散る。誰が、何のために、どうやってこの花びらを降らせているのか？　一枚の花びらから、梨園の中で隠されてきた哀しい事実が明らかになる――。

桜姫　近藤史恵

十五年前、大物歌舞伎役者の跡取り息子として将来を期待されていた少年・市村音也が幼くして死亡した。音也の妹の笙子は、自分が兄を殺したのではないかという誰にも言えない疑問を抱いて成長したが……。

ダークルーム　近藤史恵

立ちはだかる現実に絶望し、窮地に立たされた人間たちが取った異常な行動とは。日常に潜む狂気と、明かされる驚愕の真相。ベストセラー『サクリファイス』の著者が厳選して贈る、8つのミステリ集。

さいごの毛布　近藤史恵

年老いた犬を飼い主の代わりに看取る老犬ホームに勤めることになった智美。なにやら事情がありそうなオーナーと同僚、ホームの存続を脅かす事件の数々――。愛犬の終の棲家の平穏を守ることはできるのか？

二人道成寺　近藤史恵

不審な火事が原因で昏睡状態となった、歌舞伎役者の妻・美咲。その背後には2人の俳優の確執と、秘められた愛憎劇が――。梨園の名探偵・今泉文吾が活躍する切ない恋愛ミステリ。

角川文庫ベストセラー

狩人の悪夢

有栖川有栖

ミステリ作家の有栖川有栖は、今をときめくホラー作家、白布施と対談することに。「眠ると必ず悪夢を見る」という部屋のある、白布施の家に行くことになったアリスだが、殺人事件に巻き込まれてしまい……。

最後の記憶

綾辻行人

脳の病を患い、ほとんどすべての記憶を失いつつある母・千鶴。彼女に残されたのは、幼い頃に経験したというすさまじい恐怖の記憶だけだった。死に瀕した彼女を今なお苦しめる、「最後の記憶」の正体とは？

眼球綺譚

綾辻行人

大学の後輩から郵便が届いた。「読んでください。夜中に、一人で」という手紙とともに、その中にはある地方都市での奇怪な事件を題材にした小説の原稿がおさめられていて……珠玉のホラー短編集。

フリークス

綾辻行人

狂気の科学者J・Mは、五人の子供に人体改造を施し、〝怪物〟と呼んで責め苛む。ある日彼は惨殺体となって発見されたが!?——本格ミステリと恐怖、そして異形への真摯な愛が生みだした三つの物語。

殺人鬼 ——覚醒篇

綾辻行人

90年代のある夏、双葉山に集った〈TCメンバーズ〉の一行は、突如出現した殺人鬼により、一人、また一人と惨殺されてゆく……いつ果てるとも知れない地獄の饗宴。その奥底に仕込まれた驚愕の仕掛けとは？

角川文庫ベストセラー

Another　(上)(下)　綾辻行人

1998年春、夜見山北中学に転校してきた榊原恒一は、何かに怯えているようなクラスの空気に違和感を覚える。そして起こり始める、恐るべき死の連鎖！ 名手・綾辻行人の新たな代表作となった本格ホラー。

霧越邸殺人事件〈完全改訂版〉　(上)(下)　綾辻行人

信州の山中に建つ謎の洋館「霧越邸」。訪れた劇団「暗色天幕」の一行を迎える怪しい住人たち。邸内で発生する不可思議な現象の数々…。閉ざされた〝吹雪の山荘〟でやがて、美しき連続殺人劇の幕が上がる！

深泥丘《みどろがおか》奇談《きだん》　綾辻行人

ミステリ作家の「私」が住む〝もうひとつの京都〟。その裏側に潜む秘密めいたものたち。古い病室の壁に、長びく雨の日に、送り火の夜に……魅惑的な怪異の数々が日常を侵蝕し、見慣れた風景を一変させる。

深泥丘《みどろがおか》奇談《きだん》・続《ぞく》　綾辻行人

激しい眩暈が古都に蠢くモノたちとの邂逅へ作家を誘う。廃神社に響く〝鈴〟、閏年に狂い咲く〝桜〟、神社で起きた〝死体切断事件〟。ミステリ作家の「私」が遭遇する怪異は、読む者の現実を揺さぶる——。

深泥丘《みどろがおか》奇談《きだん》・続々《ぞくぞく》　綾辻行人

ありうべからざるもうひとつの京都に住まうミステリ作家が遭遇する怪異の数々。濃霧の夜道で、祭礼に賑わう神社で、深夜のホテルのプールで。恐怖と忘却を繰り返しの果てに、何が「私」を待ち受けるのか——!?

角川文庫ベストセラー

Another エピソードS　綾辻行人

一九九八年、夏休み。両親とともに別荘へやってきた見崎鳴が遭遇したのは、死の前後の記憶を失い、みずからの死体を探す青年の幽霊、だった。謎めいた屋敷を舞台に、幽霊と鳴の、秘密の冒険が始まる——。

山の霊異記 幻惑の尾根　安曇潤平

閉ざされた無人の山小屋で起きる怪異、使われていないリフトに乗っていたモノ、岩室に落ちていた小さな靴の不思議。登山者や山に関わる人々から訊き集めた、美しき自然とその影にある怪異を活写した恐怖譚。

山の霊異記 赤いヤッケの男　安曇潤平

赤いヤッケを着た遭難者を救助しようとしたため遭遇した怪異、山の空き地にポツリと置かれた小さなザックから夜出てくるモノとは……自らも登山を行う著者が、山で聞き集めた怪談実話。書き下ろし2篇収録。

山の霊異記 黒い遭難碑　安曇潤平

鐘ヶ岳を登るうちに著者の右目を襲う原因不明の痛み、登山道にずらりと並ぶ、顔が削り取られた地蔵、山の中に響く子どもたちの「はないちもんめ」……山で遭遇する不思議なできごとを臨場感たっぷりに綴る。

山の霊異記 霧中の幻影　安曇潤平

霧の山道で背後からついてくる操り人形のような女性、登山中になぜか豹変した友人の態度、死ぬ人の顔が見えるという三枚鏡。登山者や山に関わる人々から聞き集めた怪異と恐怖を厳しい自然とともに活写する。

角川文庫ベストセラー

メガロマニア　恩田　陸

いない。誰もいない。ここにはもう誰もいない。みんなどこかへ行ってしまった——。眼前の古代遺跡に失われた物語を見る作家。メキシコ、ペルー、遺跡を辿りながら、物語を夢想する、小説家の遺跡紀行。

夢違　恩田　陸

「何かが教室に侵入してきた」。小学校で頻発する、集団白昼夢。夢が記録されデータ化される時代、「夢判断」を手がける浩章のもとに、夢の解析依頼が入る。子供たちの悪夢は現実化するのか？

雪月花黙示録　恩田　陸

私たちの住む悠久のミヤコを何者かが狙っている……！　謎×学園×ハイパーアクション。恩田陸の魅力全開、ゴシック・ジャパンで展開する『夢違』『夜のピクニック』以上の玉手箱!!

私の家では何も起こらない　恩田　陸

小さな丘の上に建つ二階建ての古い家。家に刻印された人々の記憶が奏でる不穏な物語の数々。キッチンで殺し合った姉妹、少女の傍らで自殺した殺人鬼の美少年……そして驚愕のラスト！

失われた地図　恩田　陸

これは失われたはずの光景、人々の情念が形を成す「裂け目」。かつて夫婦だった鮎観と遼平は、裂け目を封じることのできる能力を持つ一族だった。息子の誕生で、2人の運命の歯車は狂いはじめ……。

角川文庫ベストセラー

鬼談

京極夏彦

藩の剣術指南役の家に生まれた作之進には右腕がない。その腕を斬ったのは、父だ。一方、現代で暮らす「私」は見てしまう。幼い弟の右腕を掴み、無表情で見下ろす父を。過去と現在が交錯する「鬼縁」他全9篇。

里山奇談
よみがえる土地の記憶

coco
日高トモキチ
玉川数

人の暮らす地と神の棲む山との境界にある里山。そこに息づく動植物の多様さ同様、ここにはさまざまな〝奇しき話〟が存在する。動物、植物、虫、土地にまつわる恐ろしくもなつかしい奇談集。『里山奇談』改題。

からまる

千早茜

生きる目的を見出せない公務員の男、不慮の妊娠に悩む女子短大生、そして、クラスで問題を起こした少年……。注目の島清恋愛文学賞作家が〝いま〟を生きる7人の男女を美しく艶やかに描いた、7つの連作集。

眠りの庭

千早茜

白い肌、長い髪、そして細い身体。彼女に関わる男たちは、みないつのまにか魅了されていく。そしてやがて明らかになる彼女に隠された真実。2つの物語がひとつにつながったとき、衝撃の真実が浮かび上がる。

夜に啼く鳥は

千早茜

少女のような外見で150年以上生き続ける、不老不死の一族の末裔・御先。現代の都会に紛れ込んだ御先は、縁のあるものたちに寄り添いながら、かつて愛した人の影を追い続けていた。

角川文庫ベストセラー

水の時計
初野　晴

脳死と判定されながら、月明かりの夜に限り話すことのできる少女・葉月。彼女が最期に望んだのは自らの臓器を、移植を必要とする人々に分け与えることだった。第22回横溝正史ミステリ大賞受賞作。

漆黒の王子
初野　晴

歓楽街の下にあるという暗渠。ある日、怪我をした〈わたし〉は〈王子〉に助けられ、その世界へと連れられたが……眠ったまま死に至る奇妙な連続殺人事件。ふたつの世界で謎が交錯する超本格ミステリ！

退出ゲーム
初野　晴

廃部寸前の弱小吹奏楽部で、吹奏楽の甲子園「普門館」を目指す、幼なじみ同士のチカとハルタ。だが、さまざまな謎が持ち上がり……各界の絶賛を浴びた青春ミステリの決定版、〝ハルチカ〟シリーズ第1弾！

初恋ソムリエ
初野　晴

ワインにソムリエがいるように、初恋にもソムリエがいる?!　初恋の定義、そして恋のメカニズムとは……お馴染みハルタとチカの迷推理が冴える、大人気青春ミステリ第2弾！

空想オルガン
初野　晴

吹奏楽の〝甲子園〟――普門館を目指す穂村チカと上条ハルタ。弱小吹奏楽部で奮闘する彼らに、勝負の夏が訪れた!!　謎解きも盛りだくさんの、青春ミステリ決定版。ハルチカシリーズ第3弾！